Verlag Georg Hoanzl | Arbeitergasse 7 | 1050 Wien
www.hoanzl.at

Cover: Erich Schillinger
Foto: Heinz-Peter Bader | www.picturedesk.com
Layout: Dino Kunkel | www.sputnik-kommunikation.com
Druck: www.ueberreuter.com

ISBN: 3-900625-69-7
ISBN: 978-3-900625-69-6

Rainer Nikowitz

Es kann nur einen geben!

Verlag Georg Hoanzl

Inhalt

Vorwort des Autors

Manche Menschen interessieren sich nicht für Politik, weil sie Ihnen einfach nicht so dramatisch lebensnah wie eine brasilianische Telenovela oder so spaßig wie die österreichische Fußball-Bundesliga erscheint.

Das ist natürlich ungerecht.

Wer hätte denn bitte vor zwei Jahren gedacht, dass es dort, wo bisher schon eine Partei zu viel war, jetzt gleich zwei gibt. Wer hätte in diesem Zusammenhang gewagt, jemals von einer Meldung der Austria Presse Agentur zu träumen, die tatsächlich den beinahe unüberbietbaren Titel trug: „Hilmar Kabas schließt Jörg Haider aus der FPÖ aus!“

Wer hätte andererseits noch vor wenigen Monaten auch nur darüber nachgedacht, ob es denn eigentlich möglich wäre, dass eine gewerkschaftseigene Bank mit halsbrecherischen Spekulationsgeschäften, mit denen sie sich nicht ganz so toll auskennt, ein paar Milliarden versenkt, dabei den ganzen ÖGB beinahe in den Abgrund zieht und in einem Aufwasch auch gleich den diesfalls wirklich armen Alfred Gusenbauer den sicher scheinenden Wahlsieg kostet?

Eben.

Dieses Buch, nach „Hallo, Westi?" (2002) und „Wer, wenn nicht er?" (2004) die dritte Sammlung meiner „profil"-Kolumnen, sollte quasi der Abschlussband zur „Wende" werden, sah es doch lange Zeit so aus, als wäre, egal wie die Wahl ausgeht, zumindest eines klar: Die jetzige Koalition wird es nicht mehr geben. So völlig klar ist aber mittlerweile nicht einmal mehr das.

Umso mehr brauchen Sie im jetzigen Wahlkampf Halt und Stütze. Nach der Lektüre dieses Werks werden Sie vielleicht wissen, wen Sie nicht wählen. Wenn auf dieser Liste allerdings zu viele Namen stehen, weise ich jede Schuld weit von mir.

Rainer Nikowitz

Dirty Campaigning 28. 4. 2006

Endlich haben die Parteien begriffen, wie sie unsere Herzen und Stimmen gewinnen können.

Als „typisch für die arrogante Abgehobenheit der ÖVP“ und ihr „Ignorieren der wahren Probleme der Menschen“ bezeichnete SPÖ-Vorsitzender Alfred Gusenbauer heute die von Bundeskanzler Wolfgang Schüssel (ÖVP) in einem Interview mit der „Wiener Kirchenzeitung“ getätigte Aussage, Weihnachten falle heuer auf einen Sonntag.

Statt sich Gedanken über einen Ausgleich für den entfallenden Feiertag, den sich die von der neoliberalen Ausbeutungspolitik der Bundesregierung ohnehin schon schwerst geprüften Arbeitnehmer verdient hätten, zu machen – Gusenbauer nannte als mögliche Alternativen den 17. November, den 22. Jänner und den 1. April, „damit der Herr Lopatka, diese Dreckschleuder, nicht gleich wieder sagen kann, wir machen keine konstruktiven Vorschläge“ –, scheine sich Schüssel ganz im Sinne der von ihm hofierten multinationalen Konzerne im Gegenteil noch darüber zu freuen.

„Die Österreicherinnen und Österreicher werden am Wahltag sicherlich wissen, wem sie diesen neuerlichen

Anschlag auf ihre wohlerworbenen Rechte zu verdanken haben", schloss Gusenbauer grimmig.

Die ÖVP reagierte in Person ihres Generalsekretärs Reinhold Lopatka umgehend auf die Reaktion der SPÖ und warf Gusenbauer vor, Österreich nur „krank zu jammern und im Ausland schlecht zu machen" – denn sicher habe auch irgendein Ausländer diese neuerliche Attacke auf Österreich gehört und werde sie zu Hause weitererzählen. Lopatka sprach der „Penthouse-Partei" jegliches Recht ab, die Arbeitnehmer zu vertreten, umso mehr, als die SPÖ nicht wirtschaften könne, wie sich anhand der Fälle BAWAG, ARBÖ, SCR, UNESCO und BDSM drastisch gezeigt habe. „Der Schmutzkübler Gusenbauer macht nie auch nur irgendeinen konstruktiven Vorschlag und wird vom Wähler sicherlich die Rechnung präsentiert bekommen", beendete Lopatka seine wie immer hochinteressanten und auch sehr sachlichen Ausführungen.

Für das BZÖ meldete sich in der immer stärker anschwellenden Debatte Bündnissprecher Uwe Scheuch zu Wort. Er habe zwar wie eigentlich immer nicht verstanden, worum es gehe, aber fest stehe, dass nur das BZÖ die richtige Antwort darauf habe. „Wir sind diesbezüglich in der Regierung immer schon die treibende Kraft gewesen", stellte Scheuch klar und meinte in Richtung der Opposition, dass es wieder einmal typisch sei, dass man von der Alt-FPÖ in dieser Frage überhaupt nichts höre. „Damit weiß der Wähler, wer für Österreich arbeitet und wer nicht", ätzte der orange Bündnissprecher gewohnt eloquent.

Die von Scheuch attackierte FPÖ reagierte umgehend in einer Aussendung von Generalsekretär Harald Vilimsky. Er erklärte, anhand dieser Debatte zeige sich wieder einmal drastisch, dass alle anderen Parteien „zum Vergessen" seien, „aber am zum Vergessensten ist jedenfalls das BZÖ". Er zeigte sich überzeugt, dass die Wähler dieser „Partie von Fanenflüchtigen und Huhrensönen" kräftig in den Hintern treten würden.

Für die Grünen meinte ihr Vorsitzender Alexander van der Bellen, die ganze Angelegenheit sei es überhaupt nicht wert, darauf auch nur irgendwie zu reagieren. Anschließend reagierten Peter Pilz („Um nur einen Eurofighter weniger könnte man zwölf zusätzliche Feiertage schaffen"), Terezija Stoisits („Für die MigrantInnen und MigrantInnen ist bei uns überhaupt nie Weihnachten") und Werner Kogler („Das war sicher eine Idee des völlig losgelösten Finanzministers").

Reinhold Lopatka wertete die grünen Aussendungen in einer Aussendung als „Vorleistung für eine rot-grüne Koalition". Wieder einmal zeige sich, dass die Grünen wie eine Wassermelone seien – außen grün und innen rot. Und außerdem könnten sie nicht wirtschaften – wie im übrigen auch die SPÖ.

SPÖ-Klubobmann Josef Cap erklärte daraufhin, Lopatka habe vermutlich schon zu lange die „Dämpfe aus seiner eigenen Giftküche“ eingeatmet und rede deshalb so wirres Zeug.

Herbert Scheibner vom BZÖ antwortete, wenn hier wer etwas eingeatmet habe, dann der „überwuzelte Alt-Achtundsechziger Cap etwas aus der Haschtrafik“.

FPÖ-Vorsitzender Heinz-Christian Strache richtete Scheibner daraufhin aus, wer anderen Parteien die Mandate stehle, solle gefälligst „die Gosch'n halten“, um mit dem legendären ÖGB-Präsidenten Anton Benya zu sprechen, der angesichts der Bawag-Affäre und „der von Schulden-Rudi Edlinger heruntergewirtschafteten Rapid“ im Grab rotieren müsse, wie „der sattsam bekannte Hammel in jedem zweiten Wiener Hinterhof“.

Daraufhin meldete sich nochmals Josef Cap zu Wort und erklärte, dass die ÖVP eine Koalition mit dieser FPÖ nicht ausschließe, zeige, dass Schüssel nichts mehr von Silvio Berlusconi unterscheide, „außer vielleicht, dass der seine Haare noch schlechter färbt.“

Wirtschaftsminister Martin Bartenstein replizierte verärgert, Cap sei schlimmer als Goebbels und forderte seinen Rücktritt, „am besten gleich gemeinsam mit seinem linkslinken Jusofreund Gusenbauer". Willi Molterer ergänzte in einer „Eilt"-Aussendung, die SPÖ könne nicht wirtschaften.

Gusenbauer antwortete darauf trocken, alle Schwarzen seien bigotte Kerzerlschlucker und Weihnachten sei ihm eigentlich eh völlig schnurz. Er hoffe nur, dass die Wahlbeteiligung hoch sein werde, weil Politikverdrossenheit auf lange Sicht die Demokratie gefährde.

Dem schlossen sich alle anderen Parteien vollinhaltlich an.

Sparpaket 30. 8. 2004

Staatssekretär Franz Morak hat angeregt, aus Kostengründen 70 Mitarbeiter der Salzburger Festspiele vom Untersberg zu stoßen. Ausbaufähige Idee.

Morak: Des Festspielproblem wär erledigt, Chef.
Schüssel: Hervorragend! Was steht als nächstes auf der Listn?
Khol: Die Langzeitarbeitslosen.
Schüssel: Vorschläge?
Morak: Mit Betonpatschen in die Donau!
Schüssel: Unkonventionell, aber zweifellos recht effektiv.
Khol: Im Inn wär auch no Platz.
Schüssel: Guat. Da tamma auch a paar hin, wegen dem Föderalismus. Weiter!
Khol: Des Krankenkassendefizit.
Morak: Alle, die mehr ham als an brochenen Fuß oder so verfüttern mir an die Löwen in Schönbrunn. Da spar ma sogar doppelt.
Schüssel: Ja! Und zu die Fütterungszeiten wern die Einnahmen a no explodieren. Wenn a Löwe so an alten Schlagler reißt...
Khol: Da sind mir ausverkauft.

Morak: Des wär praktisch „Cats 2“, höhö!

Schüssel: So stell i mir neu regieren vor – kreativ und ohne falsche Scheu, Althergebrachtes über Bord zu werfen.

Khol: Was hätt ma da no..., ah ja, die Frühpensionisten.

Morak: Müllverbrennung Spittelau.

Khol: Die Eisenbahner.

Morak: Die...

Schüssel: Wart, i will a amoi: Die Eisenbahner..., die wern si bald ziemlich gerädert fühlen!

Morak: Reschpekt! Könnt vo mir sein!

Khol: Die Besitzstandswahrer überhaupt?

Morak: An die Eier aufhängen!

Schüssel: Außer, es san unsrige, gell. Bei denen tu ma statt dessen lieber Besitzstand wahren.

Khol: Naja, und dann hamma da natürlich no de Roten...

Morak: Wolfi, du bist wieder dran!

„Voller Bauch studiert nicht gern"

30. 8. 2004

Das nie geführte Interview mit Bildungsministerin Elisabeth Gehrer zum Thema Unis – und so.

profil: Frau Minister ...
Gehrer: Zuerst hab ich eine Frage.
profil: Bitte.
Gehrer: Haben Sie Kinder?
profil: Äh, nein.
Gehrer: Ja, und warum bitte schön nicht? Nein, lassen Sie mich raten: So wie Sie ausschauen, hängen Sie nur dauernd in so verrauchten Wirtshäusern herum und machen die Nacht zum Tag statt Ihre Frau glücklich. Und weil es viele solche Figuren wie Sie gibt, haben wir zu wenig Pamperletschen und müssen bald den Schwulen die Adoption erlauben. Sprich: Das christliche Abendland geht unter – und Sie sind schuld!
profil: Das ist jetzt aber nicht unbedingt unser Thema.
Gehrer: Man wird doch noch eine Wertediskussion führen dürfen! Wenn es um Kinderverweigerung geht, fehlt mir jede Toleranz.
profil: Sie haben aber einmal gesagt: „Toleranz ist keine Einbahnstraße."

Gehrer: Ja, aber das ist jetzt wirklich völlig aus dem Zusammenhang gerissen, mein lieber Herr.
profil: Sie haben mit diesem Satz Ihre extrem rechten Uni-Räte verteidigt.
Gehrer: Eben. Dass das mit Kindern gar nichts zu tun hat, wird doch sogar Ihnen einleuchten.
profil: Aber ich wollte doch überhaupt nicht über Kinder reden!
Gehrer: Ich aber!
profil: Äh ..., die Uni-Räte ...
Gehrer: Jetzt geben S' halt eine Ruh mit denen. Wen interessieren die schon?
profil: Es wurde immer wieder kritisiert, dass da schlagende Burschenschafter dabei sind, die sich zum Beispiel über die „Umerziehung" nach dem Krieg beklagen.
Gehrer: Universitas bedeutet ja, es muss eine Vielfalt geben. Und da eine Gewissenserkundung zu machen, lehne ich ab. Es handelt sich durch die Bank um unbescholtene Persönlichkeiten, die in der Gesellschaft einen Stellenwert haben.
profil: Einer hat bei einer Demonstration einen Studenten geschlagen.
Gehrer: Sie, ich werd Ihnen jetzt was sagen: Sie wissen doch genau, wie die Studenten heutzutage sind.

profil: Nein. Wie denn?

Gehrer: Faul, aber aufmüpfig. Der Kerl wird die Tachtel schon verdient haben.

profil: Aber man kann doch einem Studenten nicht einfach eine runterhauen.

Gehrer: Das ist leider richtig, auch da wurde in 30 Jahren Sozialismus viel versäumt. Aber bei der nächsten UOG-Novelle werden wir diese Gesetzeslücke reparieren.

profil: Wäre es nicht wesentlich zielführender, wenn sich das Ministerium um den Geld- und Platzmangel an den Unis kümmern würde?

Gehrer: Zum Geld sag ich Ihnen, was die alten Römer schon gewusst haben: Plenus venter ... dings ..., also ein voller Bauch studiert nicht gern. Außerdem: Raum ist in der kleinsten Hütte. Und wo ein Wille ist, ist ein Gebüsch.

profil: Jetzt kann ich Ihnen nicht ganz folgen.

Gehrer: Ich hab mir gleich gedacht, dass Sie nicht der Hellste sind. Die Studenten müssen ihre Kinder ja nicht unbedingt in einem überfüllten Hörsaal machen, sie sollen in Wien zum Beispiel in den Votivpark gehen. Der ist direkt vor der Uni, gibt's was Schöneres?

profil: Vielleicht lieg ich ja falsch, aber ich glaube nicht, dass es das ist, was die meisten Studenten an der Uni tun möchten.

Gehrer: Nicht?

profil: Nein.

Gehrer: Da haben wir's. Sogar dazu sind sie zu faul.

profil: Wenn jetzt aber jemand – rein hypothetisch – tatsächlich studieren möchte ...

Gehrer: Wir können auch gleich darüber reden, was passieren täte, wenn die Erde doch eine Scheibe wär.

profil: ... wie kommt der zum Beispiel dazu, dass er sich trotz Studiengebühren nächtelang für einen Platz in einem Pflichtseminar anstellen muss?

Gehrer: Das Leben ist hart. Auch das muss man den jungen Menschen vermitteln. Non scholae, sed ... dings, Sie wissen schon.

profil: Reichen nicht die Prüfungen, um den Studenten das zu vermitteln?

Gehrer: Nein. Schauen Sie, wenn ein Absolvent dann, sagen wir, mit 25 ins Berufsleben tritt – sofern er überhaupt einen Job findet -, weiß er zum Beispiel schon, dass er die 45 Beitragsjahre für die volle Pension nie im Leben zusammenkriegen wird. Das hält er sicher besser aus, wenn er vorher nicht verhätschelt worden ist.

profil: Das klingt alles nicht wahnsinnig erfreulich.

Gehrer: Stimmt. Aber zum Glück gibt es ja eine Alternative.

profil: Und zwar?

Gehrer: Helles Kinderlachen, während die junge Mutter am Herd steht und ...
profil: Nicht schon wieder!
Gehrer: Hören Sie, ich lass mich da von Ihnen sicher nicht zensurieren. Toleranz ist nämlich keine Einbahnstraße!
profil: Ich weiß. Darf ich aber vielleicht doch noch eine andere Frage ...
Gehrer: Nein.

Akte X 20. 9. 2004

Finanzminister Grasser kann sich nicht erklären, warum das Budgetdefizit 2004 doppelt so hoch sein wird, wie in seinem Voranschlag.

Grasser: Des geht mir nit ein.
Schüssel: Es is a Rätsel.
Grasser: Ein großes Geheimnis!
Schüssel: A Milliarde kann do net einfach so verschwinden!
Grasser: Is sie eh nit. Sie war nie da.
Schüssel: Was sagt der Finz?
Grasser: Dass er sie a nit hat. Und dass i unschuldig bin.
Schüssel: Des hilft ma jetzt aber echt weiter.
Grasser: Mir a. Oba eigentlich is ja des ganze Defizit sowieso nit tragisch, sondern super für die Wirtschaft.
Schüssel: Ah so?
Grasser: De Steuern, de wir nit einnehmen, muaß de Wirtschaft nit zahlen. Is doch sonnenklar.
Schüssel: Korrigier mi, wenn i was Falsches sag, oba bedeutet a Minus von 700 Millionen allein bei der Umsatzsteuer net, dass die Wirtschaft eher wenig Umsatz gmacht hat?

Grasser: Des..., des is a wahnsinnig komplizierte Geschicht, weißt. Des muaß i erst mit meine Beamten besprechen.
Schüssel: Was hast dir eigentlich gedacht, wie du so hohe Einnahmen veranschlagt hast?
Grasser: So weit i mi erinner, dass i beim Abschlag auf des Grün die Schulter tiefer halten muaß.
Schüssel: Aha. Und was tamma jetzt?
Grasser: Jetzt halt ma die Schulter tiefer, i hab mei Handicap in dem Jahr scho...
Schüssel: Mit dem Budget!
Grasser: Ah so. De Leut sollen mehr rauchen. Wegen der Tabaksteuer. Mir machen a großangelegte Plakataktion, mit Schwerpunkt vor Schulen und Jugendtreffs...
Schüssel: Sunst no was?
Grasser: Kindergärten?

Asylproblem 27. 9. 2004

Saddam Hussein hätte im Falle seines Freispruchs im Irak gerne Asyl in Österreich. Dem Manne kann sicher geholfen werden – aber leicht wird's nicht.

Haider: Na, Saddi, dos derfst du net. Auf keinen Fall.
Saddam: Aber Weib chat verschittet Tee.
Haider: Deswegen kann ma sie do net derschiaßn!
Saddam: Zu Chause chab immer derschießt.
Haider: Du bist oba jetzt in Karntn. Und außerdem is dos mei Frau.
Saddam: Mache Freind gerne kleine Gefallen.
Haider: Saddi, so geht dos net. Du muaßt di echt mehr anpassen.
Saddam: Noch mehr?
Haider: Denk amol nach: Was hast du damals gsagt, wie i dir dei Zimmer zeigt hab?
Saddam: Chabe gesagt: Und wo sind andere 200?
Haider: Und was hast du gmacht, wie i di zum Essen mit dem Gusenbauer mitgnommen hab?
Saddam: Nicht war meine Schuld. Du chaben gesagt, das issa Oppositionelle.
Haider: Und es war echt a Massel, dass du nur a Dessertgabel derwuschen hast.

Saddam: Aber chab nicht zu die Beispiel brav gelernt Deitsch?
Haider: Ja, besser als der Strutz. Des is oba a schon des einzige.
Saddam: Werde machen besser in die Zukunft.
Haider: Na guat. Jetzt miass ma oba Gas geben.
Saddam: Ah! Du auch chaben Problem mit Kurden?
Haider: Na, Himmelherrgott! Des sagt ma so, wenn ma's eilig hat! Wir miassn ins Landhaus. Du kannst bei der Sitzung zuschauen.
Saddam: Ah, nein, nicht will. Demokratie issa langweilig. Nimm mit die Doppelgänger.
Haider: Über den wollt i eh scho mit dir reden. Der frisst uns de Haar vom Kopf. Kannst net auf eam verzichten?
Saddam: Gut. Passe an und verzichte ich. Soll ich derschießen?

Kreuzzug 4. 10. 2004

Volksanwalt Ewald Stadler wirft seine enorme Popularität in die Schlacht und droht, die Kirche wegen des Krenn-Rücktritts „finanziell trockenzulegen".

Stadler: Exzellenz, i bin erschüttert! Wie konnte der Heilige Vater nur so irren?

Krenn: Der Heilige Vater is auch nur ein Mensch, mein Sohn.

Stadler: Aber das alles kann doch nicht Gottes Wille sein!

Krenn: Eh net. Wenn's nach Gott gingert, wär ja ich der Heilige Vater.

Stadler: Genau! Und nicht dieser linksabweichlerische Polack.

Krenn: Und du wärst dann übrigens Reichskanzler von Großdeutschland.

Stadler: Ich? Das hat Gott echt gsagt?

Krenn: Net direkt. Aber wenn ich es sag, isses ja dasselbe.

Stadler: Natürlich. Und darum denk i au nicht dran, dieses liberale Gesindel, dass sich an ihnen versündigt hat, einfach so davonkommen z'lassen, Exzellenz.

Krenn: Der Herr wird sich ihrer annehmen, mein Sohn. Die Hölle ist voll von glühenden Liberalen.

Stadler: I will aber nicht warten, bis sie dort sind. I mach ein Volksbegehren gegen die Kirchsteuer! Das wird eine Massenbewegung, ha!

Krenn: Glaubst?

Stadler: Wenn ich ruf, folgen mir die Heerscharen. Des war au scho in Knittelfeld so. Und jetzt sag i: Schönborn, erzittere!

Krenn: Nun ja... Früher hätt i ja vielleicht gsagt, mir genügt's, wenn die Lügner das Maul halten. Aber jetzt...

Stadler: Jetzt ist die Zeit des Flammenschwertes gekommen! Ewald der Edle wird die Heiden mit harten Hieben hinstrecken!

Krenn: Schön gesagt, mein Sohn.

Stadler: Und wenn das mit dem Kanzler nix wird: Wie wär's wenigstens mit einer Seligsprechung?

Alter Schwede! 11. 10. 2004

Zumindest die größere Regierungspartei freute sich über den Nobelpreis für Elfriede Jelinek aber wirklich voll und ganz und aufrichtig und alles.

Morak: Alter Schwede! Des hamma braucht.
Schüssel: Ihre Texte gleichen einem..., einem...
Morak: I sag nur: Auf'n Untersberg – und schwupp!
Schüssel: ...gleichen einem unendlichen Teppich..., ja, des is guat, unendlicher Teppich!
Morak: Oder vo mir aus des Dach vom Ikea. Is a hoch genug.
Schüssel: ...Teppich, auf dem der, der darauf schreitet..., schreitet...
Morak: Was redst du da daher?
Schüssel: Blede Presseaussendung, blede!
Morak: Ah so! I hab meine scho ausseghaut. Hält Österreich einen Spiegel vor, unverzichtbar für gesellschaftliches und politisches Leben, blablabla. I hätt mi beim Schreiben fast angspieben.
Schüssel: ...der darauf schreitet, immer wieder..., immer wieder neue Blüten entdeckt.
Morak: Du hörst di a bissl an wie der Hansi Hinterseer.

Schüssel: Für heuer reicht's ma, echt. Zuerst muss i dem Klestil schön nachreden, jetzt de Jelinek feiern... Wenn des so weitergeht, komm i net in Himmel.

Morak: Und wenn ma's machen wie die Blauen und sagen, was ma uns wirklich denken?

Schüssel: De Blauen san Banausen. Wir hingegen...

Morak: Hast du eigentlich was glesen von der Funsen?

Schüssel: Bin i der Khol?

Morak: I a net.

Schüssel: Die hohe Ehrung..., darf ihrer Kritik..., nicht..., nicht den Stachel nehmen. Uäääh! Glaubst glaubt ma des wer?

Morak: Ganz ehrlich?

Schüssel: Ausnahmsweise.

Sonderangebot 18. 10. 2004

Falls sein Irak-Verein wirklich Öl von Saddam erhalten hätte, würde Ewald Stadler also „das Geld auf den Tisch legen und die FPÖ übernehmen". Aber vielleicht findet sich ja auch ein anderer Käufer.

Haubner: Du, das is ja wirklich lieb von dir, dass uns du deine Pokemon-Sammlung und die orandschene Hälfte von dein Twinni geben willst. Aber du bist ja no viel zu jung für an Parteichef. Ruf wieder an, wennst amal a Jugendkonto mit Überziehungsrahmen hast, gell? Baba!
Haider: De Angebote wern ja immer besser.
Haubner: Des war der Sohn von der Rosenkranz. Der vorletzte, glaub i.
Haider: Schaut so aus, als tät ma de Partei net anbringan.
Haubner: Was is jetzt mit dem Mölzer?
Haider: Des wird a nix. Den Kredit, den er si leisten könnt, wollt er net.
Haubner: Wieso net?
Haider: Der wär in Fremdwährung gwesen.
Haubner: Der Gudenus wollt sein Gebrauchtwagen als Anzahlung hergeben und de Partei nur leasen, der Strache wollt in Kronen zahlen ...

Haider: Tschechischen? Schwedischen?

Haubner: Jacket-Kronen.

(Das Telefon läutet)

Haubner: Guten Tag, hier FPÖ – billiger is nix so schnö.

Haider: Vielleicht sollt ma an dem Slogan no arbeiten.

Haubner: Pscht! Was kann i für Sie tun? Jaa, das is richtig. Des will i meinen, dass des günstig is. Und Sie hätten ... Echt? In bar? Na dann samma uns ja auch scho einig! Wenn Sie mir nur Ihren Namen buchstabieren, den hab i net genau verstanden. Schule-Übel-Siegfried-Siegfried-Emil-Ludwig ... Äh, Moment. Jörg, was mach ma jetzt?

Haider: Naja. Ghört eigentlich eh scho eam.

Dumm gelaufen 2. 11. 2004

Österreichs scheidender EU-Kommissar Franz Fischler bezeichnete die „Knittelfelder" in der FPÖ als „schlicht dumm". Da hört sich jetzt aber alles auf.

Strache: Na, bist du deppert!
Stadler: Eben nicht!
Schnell: Mei Mama hat ja immer gsagt: Dumm ist nur, wer Dummes tut.
Strache: Dem zeig ma's, dem damischen Bauernschädel.
Schnell: Und dann hat's a no was mit ana Schachtel Pralinen gsagt, aber des hab i mir net dermerkt.
Stadler: Eine geharnischte Presseaussendung muss her!
Strache: I hab scho was gschrieben.
Stadler: Zeig! Mhm..., mhm..., ja. Gfallt ma gut. Aber „Verräter" schreibt ma net mit 3 R.
Strache: Ah, klar! Seit dieser geistfeindlichen neuen Rechtschreibung bin i ganz Ding.
Schnell: I kenn des.
Stadler: Dafür ghört „Nestbeschmutzer" mit TZ. Und bei „Staatsfeind" is ein A zu wenig und ein stummes H zu viel. Und bei ...
Strache: Äh... Und wenn ma ihn einfach anrufen?

Stadler: Ja, genau! Wir rülpsen ins Telefon und legen dann auf, so wie früher bei der SJ! Und dann ruf ma nochmal an und nochmal...

Strache: Der Nachteil is nur, dass des kana mitkriegt.

Schnell: Wir könnten auf Lautsprecher schalten.

Strache: I waaß net ... Fallt uns net was Besseres ein?

Stadler: A Volksbegehren?

Strache: Stimmt! Mir verlangen de Abberufung von dem Alm-Öhi!

Stadler: Aber er geht ja sowieso.

Strache: Echt? Damit will uns de feige Sau sicher nur zuvorkumman.

Stadler: Irgendwas müss ma doch tun können...

Schnell: I hab's: I schimpf ihn „Lumpi"! Des wird für a Aufsehen sorgen, was?

Strache: Na, bist du deppert!

Wo Gott wohnt 9. 11. 2004

Der Sieg des Guten, Wahren und Schönen bei den amerikanischen Wahlen inspiriert auch hierzulande so manche Polit-Strategen.

Schüssel: Liechtenstein? Du spinnst.
Khol: De kennan si nit wehren. Und dos Bundesheer miassat nit weit ausrucken.
Schüssel: Und warum sollt ma Liechtenstein besetzen?
Khol: In Kriegszeiten wechselt ma nit gern die Regierung.
Schüssel: Und welchen Grund hätt ma?
Khol: Weil ..., weil sie aufrüschten und mit ihre Raketen Feldkirch erreichen kennan.
Schüssel: Des is do a ausgmachter Bledsinn.
Khol: Des war's beim Bush a.
Schüssel: Ja, scho. Aber ...
Khol: Du sagst do selber, dass es zwischen dir und dem George Dabblju jetzt scho Parallelen gibt.
Schüssel: Naja. Wir san beide starke Führer und ham bei unserem ersten Wahlsieg eigentlich net gwunna.
Khol: Eben!
Schüssel: Trotzdem. Des geht mir zu weit. Aber des mit de christlichen Werte, des gfallt ma.

Khol: Meine Rede! Zeig ma dena Linken, wo Gott wohnt!
Schüssel: Aber wie? Mach ma Belangsendungen, wo de Kallat Mitzi „Ich bin klein, mein Herz ist rein" betet?
Khol: Wär a nit schlecht. Aber i würd eher sagen, wir warnen vor zigtausenden Homos, die bei rot-grün zuerscht heiraten und dann abtreiben werden.
Schüssel: Geh!
Khol: Oder vo mir aus auch umgekehrt.
Schüssel: Des glaubt uns do kana.
Khol: Ham s' uns de Haschtrafiken glaubt?
Schüssel: A wieder wahr.
Khol: Und in an Punkt hast es ja sogar besser wie der Bush: Er hat nur mehr vier Jahr. Du hingegen ...
Schüssel: Naja. So Gott will.
Khol: Fragt ihn wer?

Schwarzmaler 16. 11. 2004

Endlich löst die ÖVP das schlimmste Problem der Universitäten – und färbt mittels einer Wahlrechtsrefom die Hochschülerschaft um.

Gehrer: Die sein selber schuld.
Schüssel: Für die Demokratie braucht ma eben a gewisse Reife.
Gehrer: Und wenn ma die nit hat, derf ma si nit wundern, wenn die Erwachsenen eingreifen.
Schüssel: Mir ham lang genug gwartet, ob die Vernunft siegt. Und sie uns freiwillig wählen.
Gehrer: Oba da war ka Vernunft. Nur grüne Haar, grausliche Biersings und Tatüs.
Schüssel: Biersings und Tatüs?
Gehrer: Nasenring und Peckerln.
Schüssel: Ah so.
Gehrer: Und immer nur gegen alles sein. Gegen Studiengebühren, gegen überfüllte Hörsäle, gegen Professorenmangel ... Nie irgendwie positiv. Und da soll ma nit verzweifeln an der Jugend.
Schüssel: I hab ja immer scho gsagt, vo mir aus kennan sie studieren, bis sie schwarz werden.

Gehrer: Und jetzt san sie's.

Schüssel: 29 Prozent schwarze Stimmen ergeben 40 Prozent schwarze Mandate ... Des is visionär! Solche Wahlrechtsreformen macht sonst nur dieser Jong!

Gehrer: In Holland?

Schüssel: In Nordkorea.

Gehrer: Aufregen wern sa si halt wieder.

Schüssel: Na und? Wenn die Begleitmaßnahmen erst greifen, is des alles ka Problem mehr.

Gehrer: Begleitmaßnahmen?

Schüssel: Verpflichtende Umerziehungsseminare, Studiengebührenbefreiung für richtiges Wählen, Jobgarantie für CVler ...

Gehrer: Manchmal muss ma die jungen Leut halt zu ihrem Glück zwingen.

Schüssel: Schließlich woll ma nur ihr Bestes.

Gehrer: Und wenn mir was wollen, nacha krieg ma's auch.

Stille Post 23. 11. 2004

Alexander van der Bellen meinte, die Abgeordneten der Koalition hätten den Gesetzestext zur Pensionsharmonisierung gar nicht gelesen, bevor sie ihm zustimmten. Ja, was denn noch alles?

Fuhrmann: Pssst, Günther? Kennst du di mit dem da aus?
Stummvoll: Ein Jahrhundertwerk!
Fuhrmann: Ja, eh. Aber weißt du a paar Details?
Stummvoll: I bin a begnadeter Redner, ka Leser. Und außerdem wird ja net mei Pension harmonisiert. Frag de Blauen!
Fuhrmann: Uwe! Uuuuweee! Kannst du mir erklären, was da drin steht?
Scheuch: I sag gar nix mehr. Nach meiner Rede hat's sieben tatsächliche Berichtigungen geben. Sieben! A Rekord für de Ewigkeit.
Fuhrmann: Gratuliere. Hast es also a net glesen?
Scheuch: Wann denn? Mitten in da Nacht? Mir hat's nur da Haupt Herbert nacherzählt.
Fuhrmann: Dann san sieben Berichtigungen eh super.
Partik-Pablé: Mir genügt's ja zu wissen, dass die freiheitliche Handschrift unverkennbar is.

Fuhrmann: Ah so? Wo denn?
Partik-Pablé: Na, wir ham uns durchgsetzt bei de ..., ding, ... und dann no bei ... , bei ... Oder Uwe?
Scheuch: Warum fragst mi nit, wer nächster Fußball-Weltmeister wird?
Partik-Pablé: Wieso sollt i?
Scheuch: Weil i dos a nit weiß.
Stummvoll: Was ihr euch antuts ... Kömma leicht dagegen stimmen?
Fuhrmann: Bist arg?
Stummvoll: Na eben. Also machts euch kan Kopf.
Partik-Pablé: Naja, aber immerhin simma doch Volksvertreter ...
Stummvoll: Eh! Glaubst, des Volk kennt si aus?
Scheuch: Ui, Abstimmung! Wir san dran!
Stummvoll: Na dann, Kollegen – schreib ma Geschichte!
Fuhrmann: Aber nur, wenn i's nachher net lesen muss.

Vandalismus 30. 11. 2004

Am Montag ist es so weit: Der beleidigte „Vandale" H. C. Strache kämpft mit stumpfem Säbel gegen einen anderen schlagenden Burschenschafter. Ein Vorbericht unserer Sportredaktion.

profil: Herr Strache, die Frage, die sich so knapp vor dem großen Kampf ganz Österreich stellt: Geht es Ihnen noch gut?
Strache: Besser wird's nicht mehr.
profil: Wie hat Ihre Vorbereitung ausgesehen?
Strache: Nun, nachdem wir ja auf unsere nackten Oberkörper eindreschen werden, hat mich Madame Mechthild, meine ganz persönliche Betreuerin, im letzten Monat dreimal wöchentlich mit der neunschwänzigen Katze gestählt. Und ansonsten hab ich eh meinen Stierkopf.
profil: Ja, das seh ich.
Strache: Nein, das sehen Sie nicht. So heißt unser Helm.
profil: Oh. Und gab es auch ein spezielles Technik-Training?
Strache: Zum Glück ist mir eine gewisse natürliche Eleganz gegeben, das hilft. Und ein paar besondere Finten hab ich an Hilmar Kabas geübt.

profil: Mit Hilmar Kabas? Interessant.
Strache: Nicht mit – an ihm. Er war auch zufällig ein paar Mal bei der Mechthild, auf Sicherheitslokalaugenschein.
profil: Und wie wird die Sache nun ausgehen? Ihr Tipp?
Strache: Ich denke, ich müsste einen knappen Punktesieg landen können. Vielleicht mit fünf Blutergüssen Vorsprung.
profil: Und falls nicht? Sind Sie dann entehrt?
Strache: Ach, Hauptsache, ich kann der Jugend ein gutes Beispiel geben. Ihr zeigen, dass es eine Alternative zu Drogen gibt, nämlich gesunden, deutschen Volkssport.
Profil: Na dann: Hals- und Beinbruch! Oder wie sagt man in ihren Kreisen?
Strache: Prost!

Der Wunderheiler 7. 12. 2004

Nach dem missglückten Parteitag wird Alfred Gusenbauer seine jüngst geoffenbarten Heilkräfte parteiintern sehr gut brauchen können.

Gusenbauer: Und?
Häupl: Immer no nix.
Gusenbauer: Gibt's net. Wenn i alte Muatterln wieder gehen lassen kann, werd i do a so a damisches Sodbrennen mit links wegkriagn.
Häupl: Jetzt tua de Hand da weg, wia schaut denn des aus!
Gusenbauer: Lass mi no a bissl konzentrieren... Spürst scho, wie's warm wird?
Häupl: Na.
Sallmutter: Freundschaft! Habt's ihr vielleicht... Äh, stör i?
Gusenbauer: Mir ham grad a Sitzung.
Sallmutter: De ham bei uns früher oba anders ausgschaut. Gehts, habts ihr wer a Kopfwehpulver?
Häupl: Na. Oba da Fredl kann da sicher was tun, jetzt, wo er a Heilpraktiker is.
Gusenbauer: Sowieso. Renn doch afoch volle Wäsch mitn Schädl gegen de Wand.

Sallmutter: Des soll ma guat tuan?
Gusenbauer: Dir net. Oba mir.
Sallmutter: So wirst nie Kanzlerkandidat.
Gusenbauer: Des bin i scho.
Sallmutter: Hast du eigentlich Selbstheilungskräfte a?
Bures: Fredl? Kannst mir kurz helfen?
Häupl: Nach dem Parteitag kann dir kana mehr helfen.
Gusenbauer: I hab jetzt ka Zeit, Dorli. Nach dem Michl kommt des Überbein vom Matznetter dran und dann des Charisma vom Ambrozy.
Sallmutter: Was mi no amoi zu der Frage führt: Hast du eigentlich Selbstheilungskräfte a?
Bures: I hätt da oba a Idee.
Häupl: A Wunder! Wie hast des gmacht, Fredl?
Bures: Mir benennen de „Startklar"-Tour um – in „Heilbar"! No?
Häupl: Jetzt is ma schlecht a no.

Geordneter Rückzug 14. 12. 2004

Ernst Strasser und Wolfgang Schüssel sollen sich nicht mehr verstanden haben? Lächerlich. Der Rücktritt des Innenministers verlief friktionsfrei.

Strasser: ...und dann werd i no einkaufen gehen, a Viertel Butter brauch i, an Früchtetee und vielleicht a Topfengolatschen und ..., ah ja, bevor i vergiss: I tritt übrigens zruck.

Schüssel: I bin ja eher für Zimtschne... Was war des letzte?

Strasser: I tritt zruhuck!

Schüssel: Lustig bin i selber.

Strasser: Naja, wie soll i sagen: Na.

Schüssel: Und wann bitte soll des passieren?

Strasser: I hätt mir denkt, heut wär gut.

Schüssel: Heut? Bist verruckt? De Leut könnten glauben, du machst mir des z'Fleiß!

Strasser: Des will i doch hoffen!

Schüssel: Und warum trittst zruck?

Strasser: Lass es mi so formulieren: I kann di net leiden.

Schüssel: Des soll a Grund sein? Wer kann mi scho leiden?

Strasser: I kann di oba sowas von überhaupt net leiden. I kriag an Ausschlag, wenn i di nur seh. Spätestens, seit du mi bei de letzten Budgetverhandlungen so betoniert hast, hab i mir nur gwünscht, di amoi allan in aner finstern Gassen zu treffen! Wenn du ane vo deine bochenen Reden haltst, dann könnt i di...

Schüssel: Es reicht!

Strasser: Aber im Sinne eines geordneten Übergangs bin i natürlich bereit, bis Jänner im Amt zu bleiben.

Schüssel: Na sicher! Pack dein Laptop ein und schleich di!

Strasser: Geh, wir san doch erwachsene...

Schüssel: Sicherheitsdienst! I hab da den miesen Hund, der gegen mein Willen eure Überstunden zsammgstrichen hat! Schnell! Da rennt er!

Notstand 21. 12. 2004

Albert Fortell, moralisch gefestigter Charakterdarsteller und mit einem Sitz im ORF-Stiftungsrat belohnter ÖVP-Unterstützer, ist auf der Suche nach einem Engagement.

Fortell: Ich hab meine ganze Karriere in drittklassigen Seifenopern verbracht. Was willst mehr?
Schüssel: Bertl, i fürcht, i kann dir leider net helfen.
Fortell: Und die Barbara, ja? Die spielert dir eine Frauenministerin, da tätst fast glauben, sie wär echt eine.
Schüssel: So eine hab i scho.
Fortell: Und ich Sozialminister, ha? Mit Beihilfen und so kenn i mi schon aus.
Schüssel: Sozialminister is der Haupt.
Fortell: Eben! Ich hab da ja eh an eine Zweitbesetzung gedacht. Vielleicht könnt i meine Drehpausen immer dann nehmen, wenn er grad wieder auf der Unfallstation is. Dann brauchert i den Notstand net. Und von der Ministergage würd i behaupten, dass i sie spend.
Schüssel: Deine Verdienste um die Partei in allen Ehren, Bertl, aber...
Fortell: Und warum hast die Innenminister-Rolle unbedingt so schnell nachbesetzen müssen? I weiß net,

womit i den Kaviar zahlen soll und du denkst keine Sekunde an mich.

Schüssel: Bertl, du bist ka Politiker, du bist Schauspieler!

Fortell: Des sind viele in deiner Regierung.

Schüssel: Aber wenigstens lauter gute.

Fortell: Der Morak?

Schüssel: Fast lauter gute.

Fortell: Dann gib mir halt den ORF-Generaldirektor.

Schüssel: Den castet der Pröll. Aber wart, da fallt mir vielleicht do no was ein...

Fortell: Ich nehm alles!

Schüssel: Wie wär's mit der Wiener ÖVP?

Fortell: Ich bleib im Notstand.

Wellenreiter 10. 1. 2005

Karl-Heinz Grasser führt auf den Malediven hochrangige Gespräche, wird gebeten zu bleiben – und erntet große Dankbarkeit, als er es tut.

Karl: Es is verheerend.
Heinz: In so aner Situation muaß a jeder Opfer bringen.
Karl: Aber, i mein, echt jetzt. Flut hin oder her.
Heinz: Wenn ka Hummer da is, is halt kana da. Und Scampi san besser als nix.
Karl: Der Tennisplatz is a no immer total versaut. Und auf Seetang bring i nun amol kan Topspin auf mei Rückhand, es tuat ma leid. A tolles Atoll.
Heinz: Aber jetzt denk doch bitte dran, was dos für a Signal is, wenn du abreist!
Karl: Ob in der Business-Class was frei is?
Heinz: I mein, du! Grad du! Breaking News auf CNN, die Weltpresse stürzt si drauf – und scho hamma a Massenflucht. Der Tourismus bricht völlig zsamm und dann wollens wieder Entwicklungshilfe.
Karl: Weil, wenn was frei wär ... Gangert si dann nit vielleicht sogar no a Wochen Karibik aus? Hams wenigstens die scho wieder hergrichtet nach diese blöden Hurricanes?

Heinz: Des bringt doch nix. Da sitzt ja tagelang nur im Flieger.
Karl: In so ana ausweglosen Lage war i nimmer, seit sie damals mei Haarpflege-Linie eingstellt ham.
Heinz: I bin mir außerdem sicher, der Finanzminister von denen will si unbedingt mit dir treffen. Ruaf eam doch an! Biiiitte! I wüll no nit heim! Dort isses kalt. Und Farb hab i a no kane.
Karl: Himmel, dann bleib i halt. Dos is a Wahnsinn, dir kann ma einfach nix abschlagen!

Einstimmigkeit 17. 1. 2005

Warum die SPÖ glaubte, mit Josef Kalina einen neuen Chefkommunikator zu brauchen, ist völlig rätselhaft.

Gusenbauer: Also, unsere Linie zur Türkei...

Bures: I fahr ja scho ewig auf die Kanaren, durt isses viel schöner.

Darabos: Nix gegen Griechenland.

Bures: Spanien!

Darabos: Griechenland!

Cap: Italien!

Gusenbauer: Türkei!!

Bures: Also naa, de scho gar net.

Häupl: Sagts, wer geht denn eigentlich mit am Opernball?

Gusenbauer: I verlang, dass er abgsagt wird.

Burgstaller: I geh mit!

Bures: I tät gern, oba i bin leider auf die Kanaren.

Cap: Geht der Heinz?

Gusenbauer: Sicher net. Weil i verlang ja, dass er abgsa...

Häupl: Sowieso geht der Heinz.

Burgstaller: Mi wundert's ja nur, dass si no ka Koffer gfunden hat, der verlangt hat, dass er abgsagt wird.

Bures: Andererseits – diese Teppich san scho net schlecht.

Darabos: In der Oper?
Bures: In der Türkei.
Darabos: Oba de Musik is besser.
Bures: In der Oper?
Darabos: In Griechenland.
Gusenbauer: Mir waren jetzt in der Türkei!
Cap: Mir in Italien. In der Oper.
Burgstaller: Also wo jetzt?
Cap: Beim Maskenball.
Burgstaller: Echt? In der Oper?
Cap: Des is a Oper.
Darabos: In Italien?
Bures: Auf die Kanaren jedenfalls net.
Burgstaller: Gibt's in der Türkei eigentlich a Oper?
Gusenbauer: Manchmal hab i den Eindruck, mir hört kana zua.
Häupl: Fredl, manchmal hab i den Eindruck, dir hört kana zua.
Gusenbauer: Sag i ja.
Häupl: Tätst net a sagen?

Schwarze Frau 24. 1. 2005

Ursula Haubner erzählte in „Vera", sie habe früher ihren kleinen Bruder Jörg Haider nächtens als Verkörperung der unheimlichen Sagenfigur „schwarze Frau" diszipliniert. Das funktioniert heute auch noch – irgendwie.

Haider: Aaaaargh! Aufhören! Hiiiiilfe!!
Haubner: So, des hast jetzt davon!
Haider: Sag ihr, sie soll weggehen! Mir graust so! I bin auch ganz brav!
Haubner: Des versprichst mir scho seit fuffzig Jahr. Jetzt reicht's. Die schwarze Frau erscheint dir ab nun jede Nacht.
Haider: Dos kannst ma nit antuan!
Haubner: Ah so? Wer hat denn gsagt, die schwarze Frau is wie des Christkind und der liberale Flügel der FPÖ – weil die gibt's a net?
Haider: Da hab i no nit gwusst, wie brutal du sein kannst. Jetzt kriag i sicher wieder Albträume. Und de ganze teure Therapie war umsonst!
Haubner: Wirst du jetzt aufhören, mir dauernd in de Parteiführung einizukeppeln?
Haider: Dos muaßt verstehen. Es is einfach stärker als i.

Haubner: Na guat, wenn des so is, dann übernimmst halt einfach du wieder den Vorsitz.
Haider: Auf gar kan Fall! I muaß do mei Sieger-Image behalten.
Haubner: Du wolltest brav sein.
Haider: So brav a wieder nit.
Haubner: Tja, dann lasst du mir einfach ka andere Wahl.
Gehrer: Du, Uschi, i müsst aber dann langsam...
Haubner: Is guat, danke Liesl. Und übrigens is dei Spitzen-Negligé wirklich sehr fesch.
Gehrer: So sein mir halt: Stark, schwarz, weiblich!
Haubner: Und morgen um die selbe Zeit?
Gehrer: Morgen kann i nit. Morgen kimmt statt mir die Kallat Mitzi.
Haider: Neiiiiiiin!

Wie wahr, Gunnar! 31. 1. 2005

Seine klaren, elegant formulierten Ansichten prädestinieren Frauenversteher Gunnar Prokop eindeutig zu politisch Höherem, als nur zum Mann einer Ministerin.

Gunnar: Heast, Oide? Jetzt, wo der Haupt zrucktreten is...
Liese: Ja?
Gunnar: Könnt jetzt net i Frauenminister wern?
Liese: Der war des ja scho lang nimmer.
Gunnar: Ah so? War er leicht zu blöd zum Vögeln?
Liese: Des kann leicht sein.
Gunnar: Da hamma's.
Liese: Oba kommts darauf an?
Gunnar: Auf was denn sunst? Und wer is jetzt Frauenminister?
Liese: Die Kallat Mitzi.
Gunnar: Jessas! A Weib? Wer hat sie dressiert? Wer tritt ihr in den Arsch, damit sie anzaht?
Liese: Manchmal könnt ma fast glauben, du hättst was gegen Frauen.
Gunnar: Geh! Du kennst mi do! Hab i net scho immer gsagt, dass i die Frau für den besten Freund des Menschen halt?

Liese: Freilich, Schatziputzi. Hätt i di sonst gheirat?
Gunnar: Wenn mi du net gheirat hättst, hätt mi halt a andere gheirat. Weil i bin nämlich sicher net zu blöd zum ...
Liese: I weiß. Is scho guat.
Gunnar: I könnt des jedenfalls besser.
Liese: Was?
Gunnar: Na, Frauenminister sein. Seit 40 Jahr plag i mi mit unwillige, untalentierte Trutschn ab und zeig eana, wo's langgeht. Gunnar weiß, was Frauen wünschen. Meistens, bevor sie's selber wissen. Sag dem Schüssel, i mach eam de Hackn.
Liese: Da wird er oba begeistert sein.
Gunnar: Na sicher! Alle über dreißig an den Herd! Und drunter schau ma vorher no, ob's Handball spielen können.
Liese: Gunnar, du bist wirklich ein Riesen-...
Gunnar: ...Revoluzzer?
Liese: Des vielleicht a.

Der Herr Herbert 31. 1. 2005

Hommage an den zurückgetretenen Vizekanzlerentwurf Herbert Haupt.

Was hat der Mann nicht alles mitgemacht. Elf Autounfälle. Einen Flugzeugabsturz. Einen schweren Tauchunfall.

Mehr als 30 Jahre Jörg Haider.

Zweimal lag er sogar im Koma. Das ist an sich nicht unbedingt schön. Es machte aber vermutlich wenigstens die gemeinsame Zeit mit Jörg um einiges erträglicher.

Die erfolgreichsten Jahre in der Politkarriere des Herbert Haupt begannen damit, dass er nicht Sozialminister sein wollte. Später wollte er auch nicht Vizekanzler sein. Noch später wollte er dann allerdings ziemlich vehement nicht nicht Vizekanzler sein. Und schließlich auch nicht nicht Sozialminister.

Somit deckten sich Herbert Haupts Wünsche ziemlich exakt mit dem, was Jörg Haider von ihm wollte. Das ist in einer Beziehung, die immer auf Geben und Nehmen beruhte – Herbert gab, Jörg nahm –, nicht weiter verwunderlich.

Es haperte erstaunlicherweise nur ein wenig am Timing.

Vor allem beim Wiederherausrücken der vorher nicht gewollten Ämter bockte Herbert mit einem Mal. Ganz so, als hätte er jemals einen freien politischen Willen gehabt. Das war reichlich undankbar, wenn man bedenkt, wie viel es in seiner ihn liebenden Partei doch schon für ihn zu erben gegeben hatte.

Von der dynamischen Sozialvisionärin Elisabeth Sickl bekam er ein wohl geordnetes Ressort quasi auf dem Silbertablett serviert. Und von Mathias Reichhold eine starke Partei auf dem Zenit ihrer Entwicklung.

Immerhin war Reichhold der zweiterfolgreichste Obmann, den die Freiheitlichen jemals hatten. Unter seiner langen und segensreichen Ägide verloren die Blauen keine einzige Wahl. In den ganzen 40 Tagen nicht. Das kann man sich ja heute kaum mehr vorstellen.

Als dann der reichlich unvermutet zum Spitzenkandidaten für die Nationalratswahl 2002 aufgerückte Haupt gefragt wurde, ob er für den Fall einer Neuauflage von Schwarz-Blau Vizekanzler werden würde, verneinte er dies denn auch, wohl vom großen Schatten des Vorgängers beeindruckt, bescheiden und in aller Klarheit. „Ich kenne meine Schuhgröße."

Einige Monate später kannte sie das ganze Land. Nicht nur die wenigen, die ihn auch ohne Dolmetscher verstanden, waren begeistert von ihm. In Herbert

Haupts fein ziselierten Sätzen war Platz genug, um darin ein Sofa aufzustellen und sich sanft von einem weichen Kärntner Konsonanten-Kokon umfangen zu lassen. Man konnte sich endlich wieder einmal sicher fühlen in unseren so bewegten Zeiten, die Gewissheit haben: „Das ist jetzt mein Vizekanzler. Alles wird gut."

Auch inhaltlich war Herbert Haupt stets ein Fels, auf den jeder bauen durfte, der Jörg oder Wolfgang hieß. Tätigte der Herbert zweier Herren irgendeine Ankündigung, wusste man sogleich, dass es schon einmal zwei, drei Tage dauern konnte, bis er sie wieder zurücknahm.

Den Entwurf zur Pensionsreform präsentierte Herbert einst voller Stolz gemeinsam mit Wirtschaftsminister Bartenstein. Dann las ihn Jörg. Und schon fand Herbert seinen eigenen Entwurf unzumutbar und verlangte nach einer Volksabstimmung.

Von der Abschaffung der Ambulanzgebühr werde er sich nicht abbringen lassen, stellte er ein anderes Mal unumstößlich fest. Dann erzählte er Wolfgang davon. Und erklärte anschließend, man könne die Ambulanzgebühr keineswegs abschaffen, weil dann die damit befassten 280 Mitarbeiter in den Krankenkassen arbeitslos würden. Er hatte eben immer schon ein Herz für den kleinen Arbeitnehmer, wie er nicht zuletzt auch in den Fällen Ute Fabel oder Reinhart Gaugg bewies.

Und jetzt ist er weg. Eine der erstaunlichsten Erscheinungen in der Politlandschaft, einer, der ausnahmsweise wirklich unersetzlich bleiben wird, ist zurückgetreten. Und schuld daran sind wir Journalisten. Denn leider muss eingeräumt werden, dass wir uns Herbert Haupt gegenüber nicht korrekt verhalten haben. Wider besseres Wissen wurde immer wieder berichtet, die FPÖ dränge ihn zum Rücktritt „aus gesundheitlichen Gründen".

Schon am 28. März 2003, genau einen Monat nach seiner Angelobung als Vizekanzler, sah sich Haupt deshalb gezwungen, sein Gesundheitsdossier – das besagte, er sei von seiner Hepatitis-C-Erkrankung geheilt – zu veröffentlichen: „Der Vizekanzler erfreut sich nicht nur bester Gesundheit, sondern denkt nicht im Geringsten an einen Rücktritt", schmetterte er uns entgegen und fügte bekümmert hinzu: „Ich weiß nicht, wie manche Journalisten auf die Idee kommen, derartige Unwahrheiten zu verbreiten."

Ich auch nicht.

Steuerlos 7. 2. 2005

Dem Bundeskanzler zufolge war Grassers kurzlebige Trinkgeldsteuer nur die Idee eines "übereifrigen Finanzbeamten". Nicht die einzige wahrscheinlich.

Finz: Geh, gibst ma a Trinkgeld?

Grasser: Für was?

Finz: Für an Schliwowitz. I möchat zum Wirten gehen und hab mei Geldbörsel daham vergessen.

Grasser: I hab a nix einstecken. Nur a paar Platin-Karten.

Finz: Dann gib ma ane. Is jetzt eh a steuerfrei.

Grasser: I glaub, du hast de Idee der Trinkgeldsteuer net hundertprozentig verstanden.

Finz: Echt net? Na geh, immer desselbe ... Oba, ehrlich jetzt, verstehst du jede Idee von unsere Beamten?

Grasser: Fredl, jetzt kennst mi scho so lang, und dann fragst mi dos? I hab bis heut net amol kapiert, wie sie dos mit dem Nulldefizit gmacht ham.

Finz: Oba jedenfalls ham s' uns des Mal ganz schön einetheatert. Du bist ja dagstanden wie der größte Depp.

Grasser: Mei, ma gwöhnt si dran.

Finz: Wenn ma si auf sei Personal net verlassen kann, is des halt a Jammer.
Grasser: Oba stell da vor, mir müssten uns auf uns selber verlassen.
Finz: Du hast Ideen! Da schauert ma vielleicht liab aus.
Grasser: In dem Moment, wo i mi auf mi selber verlassen muass – da weiß i jetzt scho ganz genau, was i da sagen werd.
Finz: Was?
Grasser: Und wenn Sie die Alufelgen dazunehmen, könn ma über an Rabatt bei de elektrischen Fensterheber reden.
Finz: Sag, wenn jetzt der Wirt mit de Schliwowitz, di i mir einehau, vü Umsatz macht, ja? Is des dann eigentlich a Fall von „Körper schafft Steuer"?
Grasser: Mach ma da jetzt a Millionenshow?
Finz: Mach ma de net immer?

Wahltage 21. 2. 2005

In Wien deutet einiges auf eine Vorverlegung der Wahl hin, im Bund momentan nur Jörg Haider. Die SPÖ jedenfalls ist für alle Eventualitäten gewappnet.

Häupl: Mir is sooo fad!
Gusenbauer: Dann tua was dagegen.
Häupl: I könnt früher wählen lassen.
Gusenbauer: Dazu brauchst oba an Grund.
Häupl: Hab i ja scho.
Gusenbauer: Welchen?
Häupl: Mir is sooo fad!
Gusenbauer: Glaubst, der Schüssel lasst a früher wählen?
Häupl: Der hätt wenigstens an Gegner.
Gusenbauer: Des will i meinen.
Häupl: Weil no amoi wird si der Van der Bellen net mit de Haschtrafiken häkerln lassen.
Gusenbauer: An Moment lang hab i glaubt, du meinst...
Häupl: Den Gorbach? De Haubner? Geh! Oder gar de „Liste Haider"? Wenn's der Alfons wär, na guat. Der kriegert immerhin die Schwulen, die Hausfrauen und die schwulen Hausfrauen.

Gusenbauer: Weißt, manchmal denk i mir, so, wie i von meiner eigenen Partei behandelt werd, sollt i's vielleicht a so machen wie der Jörg.

Häupl: Und endgültig durchdrahn?

Gusenbauer: Mi von dem Ballast befreien, der mi obezaht. An völligen Neuanfang wagen. Und bei der Wahl a „Liste Gusenbauer" machen.

Häupl: Huh!

Gusenbauer: Willst ma des net ausreden?

Häupl: I hab eh ‚Huh' gsagt.

Gusenbauer: Na super.

Häupl: Eigentlich solltest sie aber „Rote Liste" nennen.

Gusenbauer: Stimmt. Weil i die bessere Sozialdemokratie wär.

Häupl: Na. I mein des mehr im biologischen Sinn. Weil es tät ja a vom Aussterben bedrohte Politikerart draufstehen.

Gusenbauer: Spar dir de gfäulten Schmäh und kümmer di um dei Wahl.

Häupl: O.k. Mir is sooo fad!

Sieg! 28. 2. 2005

Ganz Österreich staunt über den gewaltigen Verhandlungserfolg der FPÖ beim Sicherheitsgipfel und fragt sich – wie hat sie das bloß wieder geschafft?

Molterer: Was mach ma jetzt, Wolfi?
Schüssel: Nix.
Molterer: Und wenn s' uns ohnmächtig wern?
Schüssel: Machert des an Unterschied zu vorher?
Molterer: Aber sollt ma ihnen net vielleicht do irgendwas geben?
Schüssel: Was genau? Nachhilfe? Mitleid? A Existenzberechtigung?
Molterer: Irgendeinen Topfen halt, den sie als Erfolg verkaufen können.
Schüssel: So weit kommt's no. Wenn i des Helfersyndrom hätt, wär i bei der Caritas und net bei der ÖVP.
Molterer: Jedenfalls is des a ausgesprochen interessante Art, Verhandlungen zu führen.
Schüssel: Wie lang halten sie scho durch?
Molterer: A Minuten zwanzig. Schau amoi, der Scheibner is wirklich durch und durch blau. Momentan vor allem im Gsicht.

Schüssel: Duhu, Hubsi? Lass dir eins gsagt sein: Wenn du so lang die Luft anhaltst, dann platzen dir die Aderln im Gsicht. Des wird di net unbedingt schöner machen. Findst net, dass dein Schnauzer diesbezüglich schon genug anrichtet?
Molterer: Eins vierzig...
Schüssel: Beachtlich. Allerweil, sie könnten alles so gut.
Molterer: I hab amoi von so an Taucher glesen, der schafft acht Minuten.
Schüssel: Acht? So viel Zeit hab i aber net. Der blede Gipfel dauert jetzt eh scho a Viertelstund.
Molterer: Zwa Minuten! Du, wenn i irgendwann amoi meine Memoiren schreib, wird de Szene da a absoluter Höhepunkt, meinst net a? Oje! Jetzt san s' umgfallen.
Schüssel: Na geh! Scho wieder.

3605 7. 3. 2005

Am Freitag vergangener Woche war Wolfgang Schüssel seit exakt 3605 Tagen ÖVP-Obmann – und übertraf damit den bisherigen Rekordhalter Alois Mock. Das hätte an sich groß gefeiert werden müssen.

Schüssel *(am Telefon):* Also gut, Andi, i versteh ja, dass du dir heut Abend „Die rote Flut" im Fernsehen anschauen musst, das is sicher ein ganz toller Film und auch ideologisch total dings, aber warum nimmst es net einfach auf? Wie? Ah, du kannst den Videorecorder net bedienen, und deine Kinder san net daheim. Na ja, schad. Nein, was Großes hätt i eh net geplant ghabt. I hätt mir halt nur denkt, dass die Partei an so an Tag a bissl anstoßen sollt auf mi. Weißt no, wie der Sinowatz amal gsagt hat, ohne die Partei is er nix? Na und mit mir und der Partei is es ja wohl umgekehrt! Und drum hätt i mir dacht ... Aber es is wie verhext, irgendwie scheint ausgrechnet heut Abend jeder was Wichtiges vorzuhaben. Was? Na, der Finz natürlich net. Aber sonst alle. Der Molterer-Willi sagt, am Freitag zwischen Wetterbericht und Sport hat er immer Sex und geht dann nimmer aus dem Haus. Die Gehrer-Liesl hat mit ihrn Blockflötenquartett an ausverkauften Benefiz-Auftritt beim Gehörlosenverband. Die Kallat-Mitzi muss si dringend a Wimmerl am Hirn ausdrucken. Und du damischer Alm-Öhi weißt net, wie ma an depperten Videorecorder programmiert! Na, weil's wahr is! Wenn i net genau wüsst, dass des bei einem wie mir unmöglich is, könnt i ja fast glauben, dass mi in Wirklichkeit kana leiden kann. I mein, mit dem Finz allein zum Heurigen gehen kommt do glei hinter an grad abgehenden Nierenstein!

Und des an so an großen Tag ... Wann, hast du no amoi gsagt, fangt dieser Film an?

Die neue FPÖ 14. 3. 2005

Neugründung der Partei – oder doch nicht? Die FPÖ steht wirklich vor einer schwierigen Frage.

Haubner: Der entscheidende Punkt is also: Was wollen wir?
Haider: Den Schüssel am Marterpfahl.
Scheibner: A Ruah.
Gorbach: I will Vizekanzler bleiben.
Haubner: Sehr schön. I hab gmeint, was woll ma für die Partei?
Scheibner: Die Partei hätt sicher a gern a Ruah.
Gorbach: Für die Partei is es das Wichtigste, dass i Vizekanzler bleib.
Haider: Wir können den Marterpfahl vo mir aus a in der Parteizentrale aufstellen.
Haubner: Leutln, echt jetzt! Mir wollen die Partei neu gründen und des is alles, was euch dazu einfallt? Seids ihr narrisch?
Haider: I sicher nit! Huh, habts ihr jetzt a den feuerspeienden Drachen gsehn, der grad durch's Zimmer gflogen is? Bleib da! Di brauch i fürn Schüssel!
Gorbach: I bin Realist. I weiß, dass i jetzt Vizekanzler sein kann und später nie wieder.

Scheibner: I werd nur narrisch, wenn i ka Ruah hab.
Haubner: Aber welches Angebot mach ma den Wählern?
Haider: Sie dürfen den Schüssel a foltern.
Gorbach: Sie kriegen a Autogramm vom Vizekanzler.
Scheibner: I lass sie in Ruah.
Haubner: Des sollen Argumente sein? Es is zum Verzweifeln.
Haider: Dann gründ ma die Partei halt nit neu. I wollt dos ja nie.
Haubner: Gestern wolltest scho no.
Haider: Sag i ja. I wollt dos nie.
Gorbach: Mach ma einfach einen Parteitag mit a bissl blabla, i bleib Vizekanzler – und aus.
Haubner: Oba wozu hamma dann des ganze Theater veranstaltet?
Haider: Mi fragst? Du bist do die Chefin. Schauts, da is er scho wieder! Hey, Grisu!
Haubner: Ma, jetzt siech i ihn a!

Rechte Rache 21. 3. 2005

Der Ausschluss des EU-Abgeordneten Andreas Mölzer aus der FPÖ kann von den blauen Tiefwurzlern natürlich nicht so einfach hingenommen werden.

Mölzer: Die reinste Umvolkung is dos.
Stadler: So schlimm waren ja nicht amal die Alliierten.
Mölzer: Wir werden mit den Herrschaften deutsch reden müssen.
Stadler: Weil so kann ma mit der Nationalmannschaft nit umspringen.
Strache: I hätt ja guate Lust, an Biermops auszurufen.
Stadler: Da musscht aber aufpassen. Geistig isch der Alte zwar hinüber, aber körperlich klappt's no ganz guat.
Strache: Drum tät i ja a die Haubner fordern.
Mölzer: Mit der kannst höchstens um die Wett stricken.
Stadler: Wenn scho Kampf, dann Kampf-Abstimmung. Schad nur, dass wir damit nicht no ein paar Jahre warten können.
Mölzer: Wieso?
Stadler: Weil wir dann mit den Stimmen von meinen und den Rosenkranz-Kindern locker die Absolute hätten.

Strache: De hamma doch auch so. I mein, mit mir als Kandidaten ... Schließlich bin i ja quasi der junge Haider.

Stadler: Heißt das, du vertrottelst uns au irgendwann?

Strache: I hab sogar scho an Slogan für mei Kandidatur: Egal ob Türke, Russe oder Tschetnik – Zahn um Zahn ist meine Technik!

Mölzer: Nit schlecht. Oba was, wenn der orange Kern do größer is?

Stadler: Dann gründen halt wir eine neue Partei. Zurück zur reinen Lehre! Die Grundsätze hoch und die Fahne au!

Strache: Und mei Slogan passert a no immer.

Stadler: Freunde, wir sind gerüschtet! Und i geh jetzt wieder Unterschriften sammeln.

Strache: Nur eins no, wegen der Haubner ...

Mölzer: Was denn?

Strache: I strickert gar net so schlecht.

Stille Macht 25. 3. 2005

Dass sich Bundeskanzler Schüssel zur FPÖ-Krise nicht äußern mag, sorgt mittlerweile allenthalben für Irritationen.

Khol: Da bin i wieder. Hab i was versäumt?
Rauch-Kallat: Net wirklich. Er hat kurz die Augenbrauen hochzogen, da hamma scho glaubt... War aber do nix.
Molterer: I probier's no amoi: Wolfi! Was mach ma jetzt mit de Fetzenschädeln, ha? Wolfi? Wooolfi!
Rauch-Kallat: Jetzt redt er net amoi mehr mit uns.
Khol: Oba wenn ma ihn so beobachtet... Denken dürft er si scho was.
Molterer: I glaub a. Manchmal schaut er so vif.
Rauch-Kallat: Des nutzt uns elfe. Wir wissen trotzdem net, was ma draußen sagen sollen.
Khol: Probier ma's anders. Wolfi, i sag jetzt a paar Sätze und du zwinkerst einfach. Einmal für ja und zweimal für nein, okay? Also: Die Regierung funktioniert tadellos. Gewählt wird im Herbst 2006.
Rauch-Kallat: War des jetzt a Zwinkern?
Molterer: Ja, scho. Oba nur a turnusmäßiges, glaub i.
Rauch-Kallat: Was heißt des wieder?

Molterer: Dass er halt scho lang nimmer zwinkert hat. I mein, ab und zu muaß a jeder zwinkern.
Rauch-Kallat: Na super. Jetzt wiss ma frisch wieder nix.
Khol: Die FPÖ ist ein stabiler, verlässlicher Partner.
Rauch-Kallat: Jetzt hat's ihn irgendwie g'rissen.
Molterer: Oba zwinkert hat er net.
Khol: Die ÖVP hätte weder mit Haider noch mit Strache ein Problem.
Molterer: Mir kommt vor, jetzt werden seine Augen a bissl feucht.
Rauch-Kallat: De Raterei is ja zum Auswachsen! Ma könnt fast glauben, ihm is alles wurscht, solang er nur Kanzler is.
Molterer: Jetzt hat er zwinkert!!!

Reisefieber 4. 4. 2005

Jörg Haider hat sich vor der gelungenen FPÖ-Vorstandssitzung, die vielleicht mit dem Parteiausschluss von Andreas Mölzer endete, natürlich keineswegs gedrückt.

Haider *(am Telefon)***:** But when I come I can also just sit in the corner of the tent and play quiet with myself or so. Pleeeease! No? I see. Well Muammar, the next time you need something from me, you will look beautiful, I can tell you. Because then it's me, who will say: No, friend of the blowmusic! What? You me too! *(legt auf)*

Strutz: Und? Was sagt er?

Haider: Dass er a wichtige Konferenz hat.

Strutz: Er auch? Und wo fahrt er hin?

Haider: Nirgends. Er is dabei.

Strutz: Echt? Ja, spinnt der? Und der wüll a starker Führer sein?

Haider: A Verräter is der. Wie alle andern. Was mach ma jetzt? Irgendwo muaß i hin.

Strutz: Was, wenn mir einfoch sagen, du bist auf Urlaub? Auf Mykonos.

Haider: Naa. Es muaß nach Arbeit ausschauen.

Strutz: Schau da irgendwo a Stadion an.

Haider: Glanzidee. Nach dem Motto „Vergeben, aber nit vergessen", oder wie?
Strutz: In Eindhoven spielt Holland gegen Armenien. Dos wär a Vorgeschmack auf die nächste Wahl: Alle sein orandsch und jubeln!
Haider: Na ja, dos tät mir grad jetzt vielleicht ganz guat, aber es schaut immer no nach ana Vergnügungsreise aus.
Strutz: Oder mir engagieren an Schauspieler, der di vor an Lokal bedroht und sagt, dass du nit zu der Sitzung gehen darfst. Der Fortell hätt sicher Zeit.
Haider: Strutz, irgendwann schließ i di a no aus, wirkli wahr.
Strutz: Mi? Heiliger Strohsack!
Haider: Ja! Dos isses!

Anonymverfügung 11. 4. 2005

Erinnern Sie sich noch an den großen Unbekannten, der Jörg Haider einst bedrohte? Nun, eben der spielte auch bei der BZÖ-Gründung eine entscheidende Rolle...

X: Pssst, Jörg? Hörst mi?
Haider: Warum flüsterst denn?
X: Du weißt doch, dass mir abghört werden.
Haider: Hast Recht.
X: So geht dos nit weiter. Du musst was tun mit der Partei.
Haider: Ja, oba was? Zwei Seelen wohnen ach in meiner Brust.
X: Lustig, dass du dos ausgrechnet mir derzählst. I wissert es nämlich scho.
Haider: Stimmt a wieder.
X: Du gründest jetzt a neue Bewegung und pfeifst auf die hinige FPÖ. Is dos kloa?
Haider: I weiß nit, ob dos gscheit is. Was glaubst, was dos für a Chaos gibt... Und was wern die Wähler sagen?
X: Die Wähler wern dir in hellen Scharen folgen, wie immer. Weil du bist der Größte. Alle sollten sich dir kriechend nähern – außer mir natürlich. Und jetzt ka Widerrede mehr. Sonst hol i die andern.

Haider: Na, bitte nit. Du allan machst mir scho gnua Angst.
X: Die Bewegung nennst du BZÖ. Die Farb wird orange. Die Minister und die Abgeordneten hupfen dir eh nach, weils beim AMS unter schwer vermittelbar fallen. Dafür lasst du die Schulden bei die Blauen und alles is happypepi.
Haider: De Leit wern aber glauben, i bin narrisch worden.
X: Wurscht. Mir zwa wissen schließlich, dass dos nit stimmt.
Haider: Aber was wird der Schüssel dazu sagen?
X: Geh bitte! Stell di net blöder, als du bist!
Haider: O.k. I mach alles, was du willst. Aber jetzt geh bitte wieder aus mein Kopf außa!

Freies Mandat 18. 4. 2005

Das Beispiel jener ÖVP-Bundesrätinnen, die dem Stahlblauen John Gudenus beim rot-grünen Neuwahlantrag den erhobenen Stimmarm herunterzureißen versuchten, könnte Schule machen.

Molterer: So, glei wird's ernst mit der Abstimmung. Lauft alles nach Plan?
Scheibner: Sowieso. Dem Prinzhorn hab i eingredet, dass ihn a 20-jährige Blondine beim Haupteingang treffen will. Der geht dort nimmer so schnell weg.
Molterer: I weiß net. Ob des reicht?
Scheibner: Sie will von ihm a Autogramm auf die rechte Brust.
Molterer: Des reicht.
Scheibner: Und der Böhmdorfer is draußen auf der Baustell in an Mobilklo eingsperrt.
Molterer: Wie habts ihn denn da einebracht?
Scheibner: Er hat glaubt, er soll si den neuesten Entwurf für a österreichisches Gefängnis in Rumänien anschauen.
Molterer: Was is mit der Rosenkranz?
Scheibner: Dazu sag i nur: Freies Mandat!
Molterer: Des kann oba net dei Ernst sein.

Scheibner: Und ob! Es bleibt frei, weil die Rosenkranz net da is. Sie hat gschwind zu ana Demo müssen.
Molterer: Die Rosenkranz bei ana Demo?
Scheibner: Was tätst denn du machen, wenn die EU-Kommission die Umbennenung des deutschen Schäferhundes in „Wüffwüff Atatürk" anordnet?
Molterer: I tät's net glauben.
Scheibner: Und des is möglicherweise der größte Unterschied zwischen dir und der Rosenkranz.
Molterer: Verlässlich und kreativ – an Partner wie euch kann ma si nur wünschen.
Scheibner: Mehr kann i oba nimmer tun. Wenn trotzdem no aner falsch abstimmt...
Molterer: ... dann übernimmt unser Wendl Ingrid.
Scheibner: Wieso die Wendl?
Molterer: Die kann Jiu-Jitsu.

Grabenkämpfe 25. 4. 2005

Ein besetztes Parteibüro, Schlössertäusche, Polizeieinsätze, Terrorbekämpfer bei Parteitagen – die blau-orange Scheidung verläuft zusehends friedvoller.

Haider: Und wenn mir über die rechte Flanke angreifen? Dos hat bei mir immer no funktioniert.
Gorbach: Schwierig. Der Feind hat zwischen Kopierer und Altpapiercontainer einen Hinterhalt gelegt. Wir haben dort unser Vorhut verloren.
Haider: Wer war die Vorhut?
Gorbach: Der Schweitzer.
Haider: Die Bedeutung der Vorhut an sich wird ja generell überschätzt.
Gorbach: Sie haben ihn im Besprechungszimmer interniert. Und die Rosenkranz liest ihm deutsche Heldensagen vor.
Haider: Dos is gegen die Genfer Konvention!
Gorbach: Du weißt doch, wie diese Blauen sind...
Haider: Womit sind sie bewaffnet?
Gorbach: Der Kabas hat a Schwarzwälder Kirsch mit.
Haider: Verdammt! Also haben sie sogar Artillerie.
Gorbach: Und der Strache hat vor zehn Minuten von hinterm Ficus mit Heftklammern rausgschossen – Dauerfeuer.

Haider: Oh Gott! Verluste?

Gorbach: Naja. Du weißt do, dass der Scheuch Uwe immer ein Intimpiercing haben wollt. Jetzt hat er eins.

Haider: Wir können uns nit einfach so unser Büro erobern lassen! Wir machen jetzt an Ausfall und kämpfen Mann gegen Mann! Hubert, geh du voran!

Gorbach: Ich? Du vergisst, dass der Schnell Karli letztens halb Amsterdam allein vermöbelt hat. Nein, nein, i bleib schön da in Deckung.

Haider: In Deckung bleiben is aber eindeutig mei Stärke. Uh, was fliegt da vorbei?

Gorbach: A Kirschn. Und Schlagobers.

Haider: Jetzt wird's ernst.

Geschichte-Erzähler 2. 5. 2005

John Gudenus und Siegfried Kampl im historischen Privatissimum

Gudenus: Das alles wär ja gar net passiert, wenn uns der Pole net angriffen hätt.
Kampl: Geh, John! Du hast echt keine Ahnung.
Gudenus: Wieso net?
Kampl: Der Tito war do ka Pole nit.
Gudenus: Dabei, wenn ma's genau nimmt, dann war das Ganze eigentlich sowieso nur a Vorwegnahme der EU. Benelux, Frankreich, Osterweiterung – und nur, weil's von uns Deutschen kommen is, waren alle dagegen.
Kampl: So geht's uns Deitschkärntnern immer no.
Gudenus: Und der Amerikaner, ja? Was hat sich der brauchen einmischen?
Kampl: Naja, i hab glaubt, dings, wegen de Chineser, nit?
Gudenus: Japaner.
Kampl: Is doch dosselbe! Kennst du de leicht ausanaund? Und dass sie de wehren, wenn ihna da Ami a Atombomben am Schädl haut, is doch logisch.
Gudenus: Und die Gschicht mit den Juden, die stimmt ja überhaupt net.

Kampl: Wie, die ham gar nit gratis mitn Zug fahren dürfen?
Gudenus: Doch, das schon. Und während unsere Landser tapfer die Heimat gegen den Bolschewismus verteidigt ham, sind sie in ihren Feriencamps gsessen und ham si's gut gehen lassen. Das is physikalisch und wissenschaftlich bewiesen.
Kampl: Wahrscheinlich war's besser so, sunst wären de a noch desertiert.
Gudenus: Naja. Jedenfalls war net alles schlecht damals, oder?
Kampl: Und drum war dos auch so entsetzlich ungerecht, diese brutale Naziverfolgung nach dem Kriag.
Gudenus: Genau. Und weißt, was das furchbarste is?
Kampl: Wos denn?
Gudenus: Sie is immer no net aus.

Frühlingsgefühle 9. 5. 2005

Angesichts des als Mehrheitsbeschaffer unzuverlässigen BZÖ und der ungeliebten SPÖ entdeckt die ÖVP wieder ihre Liebe zu den Grünen.

Schüssel: Jetzt komm, Sascha! Du kennst mi doch.
Van der Bellen: Das is ja das Problem.
Khol: I sag auch nie mehr, dass Sie a Marxistin sein, Frau Kollegin.
Glawischnig: Wunderschön! Und nehmerten S' eventuell sogar no Ihr Hand von mein Schenkel?
Schüssel: Außerdem reit' ma garantiert nimmer auf den Haschtrafiken herum. Ihr sollts sie haben, jawoll!
Van der Bellen: I will koane Haschtrafiken. I will a, dass du dei Hand von mein Schenkel nimmst.
Khol: Und der Bartenstein-Martin erlasst sogar a Verordnung, dass sie 24 Stunden offen haben dürfen.
Glawischnig: Hört uns da irgendwer zu?
Schüssel: Und unsern Bauern erzähl ma a nimmer, dass sie ganz auf biologische Schädlingsbekämpfung umstellen müssen.
Van der Bellen: Die wär aber gar nit schlecht.
Khol: Nit, wenn ma den Kukuruz nur anpinkeln derf und sonscht nix.

Glawischnig: Dos habts ihnen erzählt?
Schüssel: Wir ham no viel mehr erzählt. Weißt no, Andi? Die Prämie für Schlepper? Oder die Tretautos? Und erst die verpflichtende Männerschwangerschaft!
Khol: Die Männerschwangerschaft war echt a Brüller!
Van der Bellen: I woaß nit. Ob's nit vielleicht doch Rot-Grün wär ...
Schüssel: Rot-Grün? Gott soll abhüten!
Khol: Unfähige koalieren mit Chaoten! Na, Mahlzeit!
Van der Bellen: I glaub, wir gehen jetzt, Eva.
Schüssel: Typisch, diese kindische Gesprächsverweigerung.
Khol: Sie sein einfach nit reif zum Regieren.
Schüssel: Aber wer is des schon – außer uns?

Fotoscheue 13. 5. 2005

Nach den Capri-Fotos von Karl-Heinz Grasser fürchten jetzt auch andere Spitzenpolitiker ungebührliche Einblicke in ihr Privatleben.

Rauch-Kallat: ...und zusätzlich zu die Vorhäng' und die Jalousien lass i mir jetzt auch no die Fenster außen verspiegeln. Mit mir und meinem Alfons nämlich nicht!
Schüssel: Geh, findst das net a bissl übertrieben?
Rauch-Kallat: Du hast mein Alfons no net erlebt, wenn er...
Schüssel: Sag's bitte nicht.
Gorbach: Wie ich letztens in der Sauna war, hat einer so komisch gschaut. Ob das nicht ein so ein Paparazzi war.
Schüssel: Wo hätt der denn die Kamera ghabt, ha?
Gorbach: Was weiß ma seit Hans-Peter Martin? Und außerdem, warum hätt er sonst so gschaut?
Rauch-Kallat: Hihi! Na vielleicht, weil dein...
Schüssel: Das sag bitte auch nicht.
Bartenstein: Ma traut si ja kaum mehr Schuh kaufen gehen.
Pröll: Oder zu Bauch-Bein-Po ins Fitness-Center.
Haubner: Oder in a Parteilokal von der FPÖ.

Finz: I mach ja jetzt alles finster, wenn i an Rock vo meiner Frau probi...

Schüssel: Wenn du was?

Finz: Ach, nix.

Schüssel: Kinder, i sag euch jetzt eins: Z'Tod gfürcht is auch gstorben.

Rauch-Kallat: Geh, bei dir muss es doch auch was geben, bei dem du net fotografiert werden willst.

Schüssel: Eigentlich net. Außer vielleicht... Na, des sag i net.

Bartenstein: Der Wolfi hat a dunkles Geheimnis! Jetzt sag scho!

Schüssel: Also gut. Manchmal, wenn ich ganz ausglassen bin, leg ich einen fetzigen Cliff Richard auf und spiel Luftgitarre dazu.

Pröll: Huh! Abgründe tun sich auf.

Bartenstein: Aber am Foto hörert ma den Cliff Richard eh net.

Mehr privat, weniger Staat 13. 5.2005

Karl-Heinz Grasser findet, sein Privatleben habe in den Medien nichts zu suchen – das ist ihm keine Sekunde zu spät eingefallen.

Zwei große österreichische Politiker gerieten vergangene Woche ein wenig in die Bredouille, reagierten jedoch zum Glück nicht nur völlig richtig – sondern vor allem überaus glaubwürdig.

Der eine, der ehemals als Kandidat bei einer Bundespräsidentenwahl einen Achtungserfolg einfuhr, dann allerdings bei der folgenden Nationalratswahl schwer unter Wert geschlagen wurde, sah sich angeblich dazu gezwungen, die Polizei zu rufen, nachdem er von seiner tobenden Gattin attackiert und schließlich aus der gemeinsamen Wohnung ausgesperrt worden war. Dazu befragt, sagte Richard Lugner, Star der gleichnamigen Reality-Soap von ATV+: „Ich habe ein Recht auf ein Privatleben."

Der andere, der ehemals als Kandidat bei einer Nationalratswahl behände neue Farbe bekannte und dieser zu einem historischen Erfolg verhalf, der allerdings bei der nächsten Wahl, die geschlagen wird, eher nicht mehr von Wert sein dürfte, fand die Strandfotos, die ihn beim neckischen Spiel mit einem, so der Subtext, „reifen, zügellosen Weib“ zeigen, auf der Klatsch-Seite der deutschen „Bild“-Zeitung wieder.

Dazu befragt, sagte Karl-Heinz Grasser, Star der gleichnamigen Homepage: „Ich habe das allergrößte Interesse, dass privat auch privat bleibt. Ich habe über mein Privatleben noch nie Auskunft gegeben.“

Hat er nie. Aber echt jetzt.

Somit gesellt sich also zu den vielen Interessen, die beide Herren ohnehin schon gemeinsam haben, ein weiteres hinzu, und man kommt nicht umhin, sie auch in dieser Angelegenheit zu bestärken. Da haben sie in den vergangenen Jahren unendliche Energie darauf verwandt, sich dem eisernen Zugriff der Medien zu entziehen, wollten nie auf jenen Seiten vorkommen, die wirklich gerne gelesen werden, sondern nur auf den knochentrocken seriösen, auf denen sie ausschließlich nach ihrer Arbeit beurteilt werden – alles umsonst.

Beim Finanzminister, der nun wirklich immer peinlich genau darauf geachtet hat, dass ihm aus seiner politischen Tätigkeit nur ja keine privaten Vorteile erwachsen – und umgekehrt -, begann es ja spätestens mit der vermaledeiten Homepage. Der Fanclub, der sie ohne Wissen Grassers ins Netz stellte, schoss in seiner verständlichen Bewunderung für das juvenile Finanzgenie etwas über das Ziel hinaus und pflasterte sie mit Privatfotos des Ministers in sämtlichen Lebensaltern und -lagen voll und versah diese mit entstellenden Kommentaren, die beweisen sollten, dass sich Karl-Heinz schon von Kindesbeinen an steil auf dem Weg nach oben befunden hat. Erst als Grasser schwer verärgert mit der Industriellenvereinigung, die diesen eklatanten Bruch seiner Privatsphäre auch noch finanzierte, ein ernstes Wort sprach, hörte sich dieser Mumpitz auf. Und heute kann man auf der Website nur mehr betrachten, wie sich ein erwachsener KHG auf der Fassade des Stephansdomes auf dem Weg nach oben befindet.

Aber kaum hatte der beste Finanzminister seit dem letzten diesen herben Schlag verdaut, musste er in „News" (27/2004) entsetzt ein Interview mit sich entdecken, dessen Zustandekommen er sich wohl bis heute nicht erklären kann. Unter dem Titel „Mama, Papa, Tante – alle total begeistert" gab dort ein vermutlich von der Opposition engagiertes Grasser-Lookalike über „seine Liebe zu Natalia Corrales-Diez" Auskunft, jener Dame, die im Zuge der jetzigen Verstrickungen mit Fiona Swarovski in der Favoritenstraße auf unkonventionelle Art einen Baum fällte.

„Wo das Gute liegt so nah! Ich glaub, es war im September, als ich zufällig ins Büro meines Chefökonomen Sepp Christl geschaut hab“, erzählte der angeblich Verliebte (und was ein Glück auch, dass er zufällig einmal mit seinem Chefökonomen Kontakt aufnehmen wollte – möglicherweise hatte er eine Frage über die tiefere Bedeutung eines Minuszeichens vor einer Zahl), „da saß Natalia. Dass sie ausnehmend attraktiv ist, hab ich nicht übersehen.“ Dem Mann entgeht eben weder sein Chefökonom noch sonst etwas. „Im Frühling hab ich Natalia ein paar Mal zum Essen eingeladen. Wir waren im Indochine, im Motto und im Do & Co.“ Auf den Einwand der „News“-Reporterin, dies seien nicht eben „verschwiegene Vorstadtlokale“, antwortete der Mann, den sie Grasser nannte: „Wir hatten ja nichts zu verbergen.“

Das kann er nun, im Licht der Ereignisse der letzten Woche, keinesfalls gesagt haben.

Er hat auch keineswegs, wie vielfach behauptet wird, jenen Touristen, die die ersten Fotos vom ihm und Fiona am Pariser Flughafen gemacht haben, zugewinkt. Er wollte die lästigen Schmeißfliegen natürlich vielmehr mit dieser Geste verscheuchen.

Und auch die Fotografen, die zugegen waren, als er seine damals Noch-Verlobte nach dem Unfall aus dem

Spital abholte und solcherart eherne Treue demonstrierte, hat nicht etwa Grasser selbst bestellt, sondern vermutlich irgendein publicitygeiler Krankenträger. Man weiß ja, wie die sind.

Angesichts der Aufregung um die Capri-Fotos stellt sich darüber hinaus auch die Frage, was Grasser eigentlich groß getan hat. Er hat Urlaub gemacht. Das kann man weder ihm noch Fiona Swarovski verdenken. Denn einmal völlig abgesehen davon, dass KHGs Flamme – wenn man den Society-Berichterstattern auch nur ein bisschen Glauben schenkt – offenbar ihr ganzes Leben lang nichts anderes getan hat, muss auf eine Umfrage aus dem Jahr 2002 verwiesen werden. Damals wurde erhoben, mit welchem Politiker die Österreicher am liebsten ihren Urlaub verbrächten, wenn sich die Frage denn stellte. Unschwer zu erraten, wer diese Wertung gewann (den letzten Platz teilten sich damals übrigens in seltener Eintracht Wolfgang Schüssel und Alfred Gusenbauer).

Warum sollte also ausgerechnet Karl-Heinz Grasser nicht gerne mit Karl-Heinz Grasser auf Urlaub fahren?

Er tue dies in letzter Zeit allerdings zu oft, wurde moniert – und zwar in ÖVP-Kreisen. Falls er zu Sitzungen überhaupt noch erscheine, dann zwar gut gelaunt, aber schlecht vorbereitet. Dies wiederum impliziert, dass das irgendwann einmal anders gewesen ist. Somit ist davon auszugehen, dass Grasser früher zu Sitzungen schlecht gelaunt und schlecht vorbereitet gekommen ist. Also wurde in der Ära Fiona eine deutliche Besserung erzielt, an der es eigentlich wirklich nichts zu bekritteln geben kann.

Meinungsforscher Wolfgang Bachmayer wiederum befand, die „Rolle eines seriösen Finanzministers" passe „nur sehr schwer mit einem hormongesteuerten Jet-Set-Leben" zusammen. Der Minister sei „derzeit nur beschränkt amtsfähig" und hätte in den USA bereits zurücktreten müssen. Diesem Befund ist nicht zuzustimmen. Gerade in den USA würde man Grasser vielmehr bewundern. Vom Jaguar-Wäscher zur Millionärin – ein solches Upgrade ränge dem Wähler in den hinteren Appalachen allemal Respekt ab.

Außerdem sind wir in Österreich. Bei uns muss ein Finanzminister sowieso nie zurücktreten. Er geht höchstens freiwillig – wenn sich ein besser bezahlter Job gefunden hat. Aber das wird ja hoffentlich noch dauern.

Hubert macht was 23. 5. 2005

Vizekanzler Gorbach wirkt letzthin mitunter unkonzentriert

Schüssel: Wir kommen zum nächsten Punkt der Tagesordnung, dem ... Hubert, kannst du bitte aufhören, Strichmanderln zu zeichnen, und di wieder in die Sitzung einbringen?
Gorbach: Das sind keine Strichmanderln, das sind Liftmasten. Und außerdem: Bringt's mir was ein, wenn ich mich einbring?
Schüssel: Also, jetzt denk doch an deine Wähler!
Gorbach: An alle fünf gleichzeitig?
Grasser: Ich seh das aber bitte nit ein, dass der nix arbeiten muss und i schon. Auf Capri hätt i's lustiger.
Rauch-Kallat: Und i will auch a Angebot aus der Privatwirtschaft!
Gorbach: Brauchen s' auf Capri nit irgendwo a Seilbahn oder so?
Grasser: Wart, lass mi überlegen: Wenn ma von der Villa zum Privatstrand runter ...
Schüssel: Schluss jetzt! So wird des Regieren mit euch zu an Ritt über den Bodensee!

Gorbach: Gut, dass du das ansprichst: Die paar Schifferlen, die wir da haben, sollt ma unbedingt verkaufen, bevor sie sinken oder so. I wüsst da au wen, der sie haben will. Kann i dem Mainoni weisungsfrei sagen, dass er daserledigen soll?
Rauch-Kallat: I bin dagegen. Außer i krieg a Angebot aus der Privatwirtschaft ...
Grasser: Und i will an Teilzeitvertrag.
Schüssel: Sonst noch Wünsche?
Gorbach: Na ja, wennst schon so fragst: Warum müssen eigentlich Gletscher so oft unter Naturschutz stehen? Isch doch nur Eis. Und steht vielleicht Cornetto unter Naturschutz?
Schüssel: Weißt was? Vergiss des mit dem Einbringen.

Rosenkrieg

30. 5. 2005

Die politische Scheidung des einstigen Traumpaares Hans-Peter Martin und Karin Resetarits verläuft leider nicht völlig friktionsfrei.

Martin: Meine Partei, mein Erfolg, mein Geld. So einfach isch das.

Resetarits: Aha. Und i hab also gar nix gmacht.

Martin: Doch. Ein Restaurant auf. Aber sonscht kann i mi an nix erinnern.

Resetarits: Vielleicht hättst es aufzeichnen sollen. Du musst ja jetzt genug Equipment haben, denn für neue Sakkos hast die halbe Mille ja wohl kaum ausgeben.

Martin: Die halbe Mille geht in den Fonds.

Resetarits: Den zur Förderung analfixierter Alemannen?

Martin: Schleich dich zu deinen Liberalen, du Kuh!

Resetarits: Gib mir zuerst, was mir zusteht!

Martin: Tut mir leid, aber ich lehne Gewalt grundsätzlich ab.

Resetarits: Aber hallo! Ein Witz! Hast den aus der „Krone", wie alles andere?

Martin: Und wennscht eine Subvention für die Firma von deinem Lebensgefährten brauchscht, dann such doch um den Hilflosenzuschuss an.

Resetarits: Warum um alles in der Welt hab i mi nur mit einem Ungustl mit Caesarenwahn einglassen?
Martin: Warum um alles in der Welt hab i ein abgehalftertes Kultur-Pin-up an mi heranglassen?
Resetarits: Weißt, i hab ja wirklich glaubt, mir zwei könnten was bewegen. Die EU irgendwie verbessern.
Martin: Na ja, dadurch, dass du keine einzige Parlamentsrede gehalten hascht, isch sie zumindescht nicht schlechter gworden.
Resetarits: Und dir muss ma eines lassen. Du ziehst dei Motto eisern durch.
Martin: Welches Motto?
Resetarits: Außer Spesen nix gewesen.

Kanzlerfest 6. 6. 2005

Bundeskanzler Wolfgang Schüssel wird am Dienstag dieser Woche 60 – das muss natürlich entsprechend gefeiert werden.

Rauch-Kallat: Happy birthday...
Schüssel: Mitzi, bitte geh vom Tisch runter.
Rauch-Kallat: ...Mister Chancellor...
Schüssel: Und zieh dir was Gscheites an.
Rauch-Kallat: ...happy birthday to youhou! Na, wer bin i?
Pröll: Anneliese Rothenberger auf Ecstasy?
Rauch-Kallat: Depp, blöder! Die Monroe!
Pröll: Jetzt, wo du's sagst...
Schüssel: Kinder! Ihr wissts, i steh net gern im Mittelpunkt... Is die Krone da für mi?
Bartenstein: Ja, schon. Aber sie is mehr a neuer Luster für dei Arbeitszimmer.
Schüssel: Schad eigentlich.
Khol: Und das da isch von mir. Eine Wendejacke. Die kannscht auf beiden Seiten tragen.
Schüssel: Die san aber beide schwarz.
Khol: Eh. Wendejacke! Luschtig, oder?
Gehrer: Und i han mir gedacht, das schönste Geschenk, dos i dir machen kann, isch, wenn i zrucktritt.

Schüssel: Na, Liesl, echt jetzt. Du beschämst mi. Des kann i net annehmen.
Gehrer: Na guat, dann hätt i da no a selbstgebackene Torten für di.
Schüssel: De will i net annehmen.
Molterer: Und jetzt kommt des Gedicht: Wir wünschen unserm Jubilar – noch viele wunderschöne Jahr – als Kanzler unsrer Republik – wir gehen mit ihm durch dünn und dick – Gott erhalt ihm seine Power – und hoffentlich den Gusenbauer.
Rauch-Kallat: Bravo! Und jetzt ess ma, bevor's kalt wird.
Schüssel: Was gibt's denn?
Rauch-Kallat: Na, dein Lieblingsessen natürlich: Eine richtige Sau am Spieß!
Schüssel: Jetzt bin i fast a bissl gerührt.

Spesenwesen 13. 6. 2005

Angeblich hat die frühere FPÖ-Spitze bei ihren eigenen Spesen eine gewisse Großzügigkeit bewiesen. Und angeblich hängen manche den alten Zeiten noch ziemlich nach...

Haider: Uuuweee! Wo is jetzt dieser Hubschrauber, fixnochamol!
Scheuch: Jörg, du muaßt jetzt sehr stark sein.
Haider: Wieso? Gibt's a neue Umfrage zum BZÖ?
Scheuch: Naa, naa. Es is nur a so: Es kommt ka Hubschrauber nit. Mir ham ka Geld für sowas.
Haider: Und i soll jetzt z'Fuaß aufs Klo gehen oder wie?
Scheuch: Da Strutz Martin könnt di tragen, wennst willst.
Haider: Nix da. Ruaf an bei der Bank, de sollen uns an Kredit geben.
Scheuch: Na geh! Jetzt hamma unsere Schulden grad dem Strache gschenkt. Außerdem will de Bank Sicherheiten.
Haider: I gib ihnen mei Wort.
Scheuch: Hast mir nit zughört? Sicherheiten hab i gsagt.
Haider: Na dann verpfänd ma ihnen halt irgendwas.
Scheuch: Mir ham aber nix mehr. Sogar auf der Zierler Thesi san scho zwa Hypotheken drauf. So verzweifelt is unser Situation!

Haider: Ja, und der Ausverkauf bei Armani? Die Business-Class nach Bagdad? Der Chianti zur Koalition? Wer zahlt des, ha? I vielleicht?
Scheuch: Mir derfen einfach nimmer so viel ausgeben. Vielleicht wird's nach der nächsten Wahl ja wieder besser.
Haider: Ah, gibt's doch a neue Umfrage zum BZÖ?
Scheuch: Naa. Leider.
Haider: Und i war immer no net am Klo.
Scheuch: Weißt was? In Erinnerung an die alten Zeiten ruaf i dir wenigstens a Taxi, was meinst?
Haider: Besser als nix. Aber an Mercedes, gell. Und...
Scheuch: ...an Inländer?

Zahn um Zahn 20. 6. 2005

Jörg Haider ein Porsche-Abstauber und Heinz-Christian Strache im Privatkonkurs – die beiden freiheitlichen Parteifeinde tragen die Sache wie erwartet in aller Fairness aus.

Haider: Und überhaupt, du Weana Lurch, du: I kann ma wenigstens an Porsche leisten! I geh nämlich net am Zahnfleisch.
Strache: Des werd ma schon no sehen. Wer soll denn di no wählen, du abgetakelte Operettendiva? Der Käfig voller Narren?
Haider: Ha! Und du? „Duell um Wien" lasst er plakatieren! Strache gegen Häupl – dass i net lach! Der Gfüllte wird si mit dir de Schuach putzen! Wenn er no obeglengt.
Strache: Dafür wird bei Blau gegen Orange klar sein, wer des Original is!
Haider: Du dos Original? Wo du mi kopierst bis ins Letzte? Du räddst jo sogoa so kommisch wä ä! Lass mi im Kraut und imitier den Elvis.
Strache: Des wär fad. Der is ja no toter als du.
Haider: Nach allem, was i geleistet hab, muass i mir so was von an bankrotten Mahlzahnmaurer sicher net sagen lassen.

Strache: Nach allem, was du dir geleistet hast, kannst froh sein, wennst net glei an Mahlzahnmaurer brauchst!
Haider: No a Wort in der Öffentlichkeit über mein Porsche, oba dann!
Strache: No a Wort in der Öffentlichkeit über an Privatkonkurs, oba dann!
Haider: Was dann?
Strache: Dann ..., dann sag i, dass net nur dein Porsche, sondern auch a römische Sauna und a strenge Kammer auf Parteikosten gangen san.
Haider: Dann sag i, dass du net nur in Privatkonkurs gangen bist, sondern a no Handtaschln stiehlst und dass dein Hobby Tierquälerei is.
Strache: Des stimmt oba net.
Haider: Deins stimmt a net.
Beide: Wurscht!

Grünzeug 27. 6. 2005

Seit Alexander van der Bellen die Abschaffung von Studiengebühren und Eurofightern nicht zur Koalitionsbedingung machen wollte, laufen Gespräche bei den Grünen irgendwie anders als früher.

Van der Bellen: Grüß Gott!
Pilz: Oje. Da hammas.
Öllinger: Jetzt wird er uns katholisch a no.
Petrovic: Tja. Wenn ma unbedingt der Ministrant vom Schüssel sein will, muss ma halt Vorleistungen bringen...
Van der Bellen: Jetzt seid's halt net so komisch! Kritik schön und gut, aber net über Gebühr!
Öllinger: Ah, da schau her! Jetzt tu ma die Gebühr net nur net abschaffen – jetzt derf ma sie net amoi mehr kritisieren!
Van der Bellen: Äh..., was?
Petrovic: Jetzt tu net so, als ob du uns net verstehst. Du verstehst uns sehr gut.
Öllinger: Aber wahrscheinlich tät er den Khol no besser verstehen.
Petrovic: Oder die Rauch-Kallat. Bei der wär er sogar der erste.

Pilz: Oder er is grad a bissl terrisch, weil er neben an startenden Kampfjet gstanden is. An Eurofighter oder so.
Van der Bellen: Was redts ihr da bitte daher? Seids ihr eingraucht oder was?
Öllinger: Uh! Habts des ghört? Übelste schwarze Kampfrhetorik!
Pilz: Skandal! Aber, wenn ma schon dabei san: Hätt überhaupt irgendwer was einstecken?
Petrovic: Also, dass du so weit gehst Sascha, des hätt i nie für möglich ghalten! Am End machst es noch wie der Grasser und laufst über, damit du Finanzminister werden kannst.
Van der Bellen: Wissts was? Ihr könnts mi kreuzweis. I sag jetzt gar nix mehr.
Öllinger: Typisch. Des hat er a vom Schüssel.
Van der Bellen: Himmelherrgottnochamal!
Pilz: Da hammas scho wieder.

Morgenröte

4. 7. 2005

Beim traditionellen Sommerfest der SPÖ stellte Alfred Gusenbauer in einer mitreißenden Rede vor begeisterten Zuhörern den Anspruch auf die Kanzlerschaft.

Gusenbauer: Und darum rufe ich euch hier und heute zu: Wir sehen uns im Bundeskanzleramt! Denn was bitte hat der Herr Schüssel, was ich nicht habe? Nichts!
Häupl: Naja. Dings hat er, politischen Instinkt.
Gusenbauer: Na gut. Also was außer politischem Instinkt hat er, was ich nicht habe?
Burgstaller: Taktisches Geschick hat er a.
Gusenbauer: O.k. Aber was außer politischem Instinkt und taktischem Geschick, ha? Nichts!
Broukal: Und was is mit Führungsqualität?
Verzetnitsch: Genau. Oder Linientreue.
Gusenbauer: Von mir aus. Also was außer politischem Instinkt, taktischem Geschick, Führungsqualität und Linientreue...
Häupl: Charisma?
Burgstaller: Mhm. Und einen starken Willen.
Verzetnitsch: Oh ja. I hab oft genug mit ihm verhandelt.

Gusenbauer: Bitte, soll sein. Aber es wird wohl jeder erkennen, dass er außer politischem Instinkt, taktischem Geschick, Führungsqualität, Linientreue, Charisma und einem starken Willen nun wirklich überhaupt nichts...
Broukal: Rhetorisch is er a net ganz schlecht.
Burgstaller: Und sei Erfahrung darf ma net vergessen.
Häupl: Und in seiner Partei hat er an wirklich starken Rückhalt.
Gusenbauer: Pffff... Also noch einmal: Was außer politischem Instinkt, taktischem Geschick, Führungsqualität, Linientreue, Charisma, einem starken Willen, guter Rhetorik, Erfahrung und dem Rückhalt in seiner Partei hat er, was ich nicht habe?
Häupl: Rein gar nix.

Venceremos! 11. 7. 2005

Für die großen Strategen Alfred Gusenbauer, Josef Cap und Norbert Darabos gab es nach der Asyl-Abstimmung endlich einmal wieder was zu feiern: den glorreichen Sieg über die eigene Partei.

Gusenbauer: So macht ma des, vastehst! Wummzack!
Cap: I sag nur: Ge-schlos-sen!
Darabos: Manchmal samma so regierungsfähig, dass ma mir direkt selber unhamlich wern.
Gusenbauer: Und wia da Broukal gschaut hat, wia i sag: Hurch, Oida, brauchst a Heilbehandlung oder was?
Cap: Und was hat er drauf gsagt?
Gusenbauer: Nix. Zum Häupl Michl is a tratschen grennt, der Warmduscher. Ober! Bringens uns no a Flascherl, sans so guat. Aber des Mal an 94er, der Abgang von dem 97er traumatisiert einen ja.
Darabos: A propos Abgang: Was sagt eigentlich die Knoll Traudl zu der ganzen Gschicht?
Cap: Ah, du bist der!
Darabos: Der was?
Cap: Der, den des interessiert!
Gusenbauer: Nana, da gibt's sicher no einem!
Darabos: No Einem! Ha! Des is a Hammer!

Cap: Oba sagts, was mach ma jetzt eigentlich no Konstruktives? A Steuererhöhung? Oder kürz ma a paar Sozialleistungen?
Gusenbauer: Werd ma schauen, was dem Kalina als Nächstes einfallt.
Darabos: Macht der jetzt eigentlich die ganze Parteilinie?
Gusenbauer: Aber, woher denn! Nur den Teil, den net der Dichand glei selber macht.
Cap: I kann's kaum erwarten, dass die nächsten Umfragen aussekumman. Glaubts hamma scho die Absolute?
Darabos: Nach dem Coup kömma zumindest nimmer weit davon entfernt sein.
Gusenbauer: Und die Kanzlerfrage is jetzt wohl a endgültig beantwortet.
Cap: Was wollt er denn leicht wissen?

Weltklasse 18. 7. 2005

Wenn Elisabeth Gehrer und Wolfgang Schüssel so über den Campus der Medizin-Uni flanieren...

Gehrer: Schau sie dir an. Sein sie nit liab?
Schüssel: Mein Gott, einmal no jung sein, was?
Gehrer: Frei wia a Vogerl, ganz ohne Sorgen in den Tag hineinleben. Einfach so campieren, wo's einem einfallt.
Schüssel: Tschuldigen S' junge Frau, wie lang san Sie scho da? Drei Tag! Na, so guat möchert's mir a amal gehen!
Gehrer: A Leben wia a junger Hund.
Schüssel: Wie wir studiert ham, war des ja no ganz anders.
Gehrer: Äh, i hab nit studiert.
Schüssel: Ah ja. Des vergiss i immer wieder, wo du doch so vü akademisch denkst.
Gehrer: Uje, jetzt bist oan aufn Kopf gstiegen.
Schüssel: Himmel, was muaß der a da mitten am Weg schlafen!
Gehrer: Hast ghört, was der gsagt hat? Jetzt wird er frech a no!
Schüssel: Da stellt ma ihnen a Weltklasse-Uni hin, oba wissen die des zu schätzen? Schnecken!

Gehrer: Wahrscheinlich a Grüner. Koan Reschpekt vor nix. Sie, wenn Sie no lang ummaschimpfen, nacha verdoppel ma die Studiengebühren, gell?
Schüssel: Was? Sie zahlen gar keine? Na, des wird ja immer schöner! Ah so, Sie ham kan Studienplatz kriegt. Und was derzählen S' des mir? Beschwer i mi bei ihnen, dass i net die Absolute hab?
Gehrer: Jeder isch seines Glückes Schmied. I wär a nit da, wo i heut bin, wenn i nit rechtzeitig Eigeninitiative zeigt hätt und der Partei beitreten wär.
Schüssel: Gemma jetzt, Liesl. Mir ham ja schließlich was z'tuan a no. Des Land nach vorn bringen und so.
Gehrer: Mir san ja leider keine Studenten.
Schüssel: Mein Gott, einmal no jung sein!

Formel Kärnten 25. 7. 2005

Jörg Haiders Formel-1-Engagement ist mit dem Rauswurf Patrick Friesachers keineswegs beendet – wie dieser Anruf bei Minardi-Teamchef Paul Stoddart beweist.

Hello, here speaks Jörg. THE Jörg. Give me this Mister Minardi, please. Ha? There is no Mister Minardi? Listen, it will not use you anything when you lie me on. Give him me, but a little bit suddenly! Or must I become uncomfortable? What? Stottert? Well, I don't care, this is really his problem. Yes, I wait ... Hello? Yes, here speaks Jörg. The Jörg. Ha? I tell you ... The Landeshauptmann from Kärnten, with the good connections to secret private sponsors, who pay two millions dollar for Friesacher and don't want anything for it! How can you forget me? Na, finally! Listen, I have a great idea. Yes, another one. I have the perfect new driver for you. Also a Kärntner and also very talented – you only have to fill him up with Villacher beer and a few Zirbenbrandys and he drives like hell. His name is Gaugg-Reini. Experienced? Well, not really on the race-track, but on normal roads he trains like a madman. And the best is: He is completely in vain, because his salary is paid by the Blues, oiso the FPÖ

– he just has to win this ugly process, but he will scho. The only thing you have to do, is to paint the car orange. Ha? No, not blue – orange. Blue pays for orange, exactly. No, no need to worry, that's what they always do, you know? And they are also used, that they don't get anything for it – just like the Friesachersponsors before. So what do you think? A Garantie? Well, my word should be good enough, no? And there it gives now really nothing to laugh!

Die unendliche Geschichte 1. 8. 2005

Jörg Haider will wieder einmal eine Steuerreform, Wolfgang Schüssel nicht. Neuwahlspekulationen machen schon die Runde...

Haider: Ich! Fordere!
Schüssel: Des muss die Hitz' sein. Die is net gsund, des weiß ma ja.
Molterer: Und so a Beachvolleyball, ja? Wenn ma den volle Wäsch auf die Birn kriegt, na frage nicht.
Haider: Eine Steuerreform, jawoll. Und wenn i eine Steuerreform forder, dann krieg i a ane, kapiert?
Schüssel: Ma wird ja selber a scho ganz ding bei dera Hitz'.
Molterer: Eh. Und hört eigenartige Stimmen oder so. Mir geht's grad a so.
Haider: Und zwar zwei Milliarden! 2007, is dos kloa?
Schüssel: Weißt, was mir manchmal träumt, wenn's so heiß is?
Molterer: Hmm?
Schüssel: I bin der Chef von ana Vier-Prozent-Partei und weiß net, ob i's bei der Wahl in den Nationalrat schaff.
Molterer: Schiach.

Haider: Weil sonst! Werd i bös! Grrr!
Schüssel: Und dann werd i natürlich bös. Aber es interessiert leider absolut überhaupt niemanden.
Molterer: Furchtbar! Sei froh, dass es nur a Traum is.
Schüssel: Na was! Wenn i dann aufwach, denk i eh immer sofort dran, dass i ja der Chef von einer Vierzig-Prozent-Partei bin. Und dass des Leben schön is.
Haider: Und dann könnt's euch warm anziehen.
Schüssel: Am besten bei dera Hitz' is ja leichte Kleidung.
Molterer: Und Orangen. Ma muss viele Orangen essen, des erfrischt einen so richtig und gibt Kraft.
Schüssel: Was meinst, gemma no ins Bad?
Molterer: Gute Idee. Pfiat di, Jörg.
Haider: Sie flüchten! Scho wieder gwonnen!

Tierisch 8. 8. 2005

Waltraud Klasnic zeigt Wolfgang Schüssel eine leicht subventionierte Sehenswürdigkeit in der Oststeiermark

Klasnic: Jo, da schau her. A so vül liab, wia der is, ha? Was isn dos?
Schüssel: Des is a Wasserbüffel, Waltraud. Hast du übrigens gwusst, dass de da in Herberstein nur Champagner saufen?
Klasnic: Interessant! Aber wieso heißen s' dann Wasserbüffel?
Schüssel: Äh..., des war a Scherz, weißt. Wegen dem Rechnungshofbericht.
Klasnic: Na, Gott sei Dank! Weil, des kann ja gar net gsund sein für so a Viecherl. A so vül liab, wia der is, ha?
Schüssel: Waltraud, spiel mir bitte net die Naive vor.
Klasnic: I werd do mein Kanzler nix vorspielen!
Schüssel: Wir verlieren die Wahl, Himmelherrgott!
Klasnic: Oba na! I hab mein Magnolienbaum gfragt, der sagt...
Schüssel: Jessas!
Klasnic: Nana, des hat er bei Lassing gsagt. Obwohl, a bissl beten könnt uns jetzt wahrscheinlich a net schaden.

Schüssel: Waltraud, wir können net nach Salzburg a no die Steiermark verkraften. Wie hat des mit Herberstein passieren können?
Klasnic: Keine Ahnung. Aber i bin recht enttäuscht.
Schüssel: Und des mit der Estag?
Klasnic: Woher soll i dos wissen?
Schüssel: Spielberg?
Klasnic: Mi fragst?
Schüssel: Was weißt du eigentlich überhaupt?
Klasnic: Also: Steirerbluat is ka Himbeersaft, Steirermen san veryverygood for Hollywood, Kernöl is total gsund, der steirische Wein is der beste auf der Wöd... Jö, schau, was isn des da neben dem Wasserbüffel?
Schüssel: A blede Kuah, fürcht i.
Klasnic: A so vül liab, wia de is, ha?

Steuerfreiheit 12. 8. 2005

Nachdem die Regierung keine Einwände gegen die Handymasten-Steuer erhob, denkt man in Niederösterreich schon mutig an weitere Steuern zum Wohl des Bürgers.

Pröll: ... dann a Regentagssteuer für die Schirmproduzenten, a Sonnentagssteuer für Badehosenerzeuger, a Mineralölersatzsteuer für Bahnfahrer, a Schienersatzverkehrssteuer für Radlfahrer, a Sohlenabriebssteuer für Fußgänger...

Schüssel: Äh..., Erwin?

Pröll: ... und ganz wichtig is die Internetverbindungssteuer. Da ist aber sogar eine Befreiung möglich, wenn man pro Sitzung mindestens einmal im Google „Erwin Pröll" eingibt.

Schüssel: Mhm. Glaubst du net, dass...

Pröll: Nein. Und der ORF zahlt übrigens künftig a Landeshauptmannvernachlässigungssteuer, wenn i einen Tag lang in keinem Bericht vom Landesstudio vorkomm.

Schüssel: Naja. Da werds aber net viel einnehmen.

Pröll: Aber wir zeigen, dass uns nicht nur die Pflege des Ortsbildes ein Anliegen ist, sondern auch die des Fernsehbildes.

Schüssel: Zu dem Ortsbild hätt i eh no a Frage: Des wird ja trotz der Steuer verschandelt, oder?
Pröll: Ja und?
Schüssel: Wie sollen die Leut dann glauben, dass die Steuer a nur irgendwas mit dem Ortsbild zu tun hat?
Pröll: Ganz einfach: Mir san in Niederösterreich – und i sag's.
Schüssel: Weißt, manchmal denk i mir, i hätt di do Bundespräsident werden lassen sollen. Dann wär dir net so fad.
Pröll: Ah geh, so fad is mir a wieder net... Was tätst du eigentlich von einer Überflugssteuer für Satelliten halten? Oder einer Fußballsteuer für in Niederösterreich geschossene Auswärtstore? Oder...

Dreamteam 22. 8. 2005

Jörg Haider meinte vergangene Woche, sein „Dreamteam" für Österreich wäre: Kanzler Häupl, Vizekanzler Haider. Unseres auch.

Häupl: ... und diese Erfolgsbilanz der Regierung wäre ja niemals zustande kommen, wenn wir nicht so hervorragend mit unserem Koalitionspartner zusammenarbeiten täten!
Haider: Stimmt. Im Vergleich zu uns sind Yin und Yang Kramer gegen Kramer!
Häupl: Man muss eben schlussendlich zum Wohl des Ganzen an einem Strang ziehen, auch wenn ma net immer von vornherein unbedingt einer Meinung is ...
Haider: ... und ma sich natürlich auch nach so mancher harten, aber fairen und sachlichen Auseinandersetzung immer wieder einmal denkt:
Häupl: Den hab i scho gfressen!
Haider: Dieses unglückliche Produkt einer unbefriedigenden Liebesnacht von Otto Wanz und Edmund Sackbauer ...
Häupl: ... diese größenwahnsinnige Pörtschacher Pomeranze ...
Haider: ... diesen widerlichen Weana Wasserschädel ...

Häupl: ... diese ständig keifende überwuzelte Polit-Puff-mutter ...
Haider: Überwuzelt? Zu wem sagst du überwuzelt?
Häupl: Na ja, sei mir net hab, Jörgl, oba taufrisch hab i anders in Erinnerung.
Haider: Aha. Du, wir können a glei neu wählen.
Häupl: Wegen mir wär's net.
Haider: Und wegen mir scho gar net.
Häupl: Blöd, dass wir erst drei Wochen regieren.
Haider: Drei Wochen?
Häupl: Mir kummts a scho vü länger vor.
Haider: Äh ..., wie gesagt, solche Dinge passieren schon einmal, in einer lebendigen Koalition, aber am Ende des Tages arbeiten wir wirklich hervorragend zusammen.
Häupl: Na was.

Zurück in die Zukunft 29. 8. 2005

Kurzzeit-Minister und Pensionskaiser Michael Schmid ist nun also steirischer Spitzenkandidat des BZÖ – und hoffentlich nicht die letzte neue orange Zukunftshoffnung.

Haider: Und nun, liebä Freundä, möchte ich unsere neue Sozialsprecherin zu mir auf die Bühne bitten, eine Frau, die den Globalisierern mutig die Stirn bietet, die der Stachel im Fleisch der Sozialabbauer ist – unsere einzigartige Elisabeth Sickl! Schön, dass du wieder bei uns bist, Elisabeth!
Sickl: Wohl.
Haider: Wo werden denn die Schwerpunkte deiner Arbeit im BZÖ liegen?
Sickl: Wohlwohl.
Haider: Äh, ja. Unseren neuen Justizsprecher, den Krüger-Michl, ihr alle wissts ja, was der Bursch drauf hat, den muss i jetzt aber leider entschuldigen, sein Dienst-Jaguar hat dummerweise eine Panne – und weit und breit keine Missen zum Anschieben! Höhö! Missen zum Anschieben, gut oder? Aber wen seh ich denn da? Unsere Miss Koralmtunnel! Liebä Freundä, begrüßt mit mir die Frau, an die man im Infrastruk-

turministerium noch heute mit Staunen zurückdenkt, unsere neue Verkehrssprecherin Monika Forstinger! Ja, aber, was schaust denn gar so finster, Monika?

Forstinger: Diese Zierler.

Haider: Was is mit ihr?

Forstinger: Ein Mini und High-Heels. So kann ich nicht arbeiten!

Haider: Dann schau halt net hin. Schau dir lieber den Prinzhorn an.

Forstinger: Der hat aber heut auch an Mini und High-Heels an.

Haider: Äh, gut, darüber reden wir später. So, Kinder und wo is jetzt unser neuer Kommunikationschef? Was? Ah so, der interveniert schon beim ORF! Ihr wissts sicher alle, wen ich meine, unseren unvergleichlichen...

Steirischer Brauch 5. 9. 2005

300.000 Euro Schweigegeld zusätzlich zur 800.000-Euro-Abfertigung, ein vom Kanzler versprochener Sitz im EU-Parlament – die Beziehungskiste von Gerhard Hirschmann und der ÖVP hat wirklich was zu bieten.

Schüssel: Na gut wenn dir EU-Abgeordneter zu minder ist, dann mach ma di halt zum EU-Kommissar.
Hirschmann: Bist narrisch? Viel zu viel Arbeit.
Schüssel: Wie wär's dann mit... Bundespräsident?
Hirschmann: Zu wenig Kohle.
Klasnic: Wir geben dir alle Landesfördergelder, die nicht die Herberstein kriegt.
Hirschmann: Viel zu wenig Kohle! Was soll denn da no groß übrig sein?
Klasnic: Dann 300.000 Euro jährlich bis zum Jahr 2078! Aber eins muss klar sein: I weiß von nix!
Hirschmann: Wovon weißt du nix?
Klasnic: Na, von nix. I weiß von überhaupt nix nix. Wie immer.
Schüssel: Oder willst vielleicht Minister werden, ha? Minister für Föderalismus, genau! Und du derfst dann alle Bundesländer abschaffen, die net schwarz san.

Klasnic: Oder mir geben dir den Stubenbergsee und die südsteirische Weinstraßn!

Schüssel: Papst! Wie wär's mit Papst?

Klasnic: Und den Hochschwab oben drauf!

Hirschmann: Ihr seid's ja no durchgeknallter wie i! Dass des überhaupt wer zsammbringt...

Schüssel: Himmelfixnochamoi! Warum musst du denn unbedingt kandidieren, kannst mir des verraten?

Hirschmann: Naja... Vielleicht hab i ja wirklich a bissl a übergroßes Ego...

Schüssel: Geh, des krieg ma scho in den Griff! I kenn wen, bei dem is des genauso.

Hirschmann: ...und außerdem kann i euch alle mitanand net leiden!

Schüssel: Waltraud? Pack den Hochschwab ein – wir gehen!

Kommissionskonfusion 12. 9. 2005

Bei ÖVP und BZÖ herrscht immer noch ein wenig Uneinigkeit: Hat man nun eine gemeinsame Steuerreform-Kommission eingerichtet oder nicht?

Gorbach: Also jetzt, wo wir diese Kommission haben ...
Schüssel: Uh! Bei dem Wort krieg i allenfalls a Kontraktion.
Haider: Oje. Zusätzlich zur Korrosion?
Molterer: Täusch i mi, oder spür i bei euch zwa a bissl gar wenig Kohäsion?
Gorbach: Äh ..., also in dieser Kommission ...
Schüssel: Geh, hör mir do damit auf! Des wär doch bittschön a reichlich komische Konstruktion.
Haider: Du, i sag dir ans: Glei hamma a Kollision!
Molterer: Wieder amoi typisch für di, diese Komplikation!
Gorbach: Könntets ihr jetzt vielleicht endlich ... wir reden über die Kommission!
Schüssel: Eh. Wo siehst du die Kontradiktion?
Haider: Du schwitzt, Schüssel. Aus Angst vor der Konfrontation?
Molterer: Er schwitzt net. Des is nur Kondensation.
Gorbach: Die Kommission, Himmelkruzifix!!

Schüssel: Nein, nein, Hubsi. In unserer Konfession heißt das Kommunion.
Haider: So an wia di hab i grad no braucht in meiner Kollektion.
Molterer: Statt dass du froh bist! Sonst is dort eh alles Konfektion.
Gorbach: Erklärt mir jetzt au einmal einer was? Haben wir eine Kommission oder wie?
Schüssel: I mach doch da keine Konspiration, damit ihr zu euren paar Wählern eine Korrelation herstellen könnts. Des wär doch eine Kopfschussaktion!
Molterer: So, hätt ma des a besprochen. Ham wir net a super Kommunikation?
Haider: I waaß jetzt nur ans: Ihr zahlts die Konsumation.

Club der großen Lichter 26. 9. 2005

Das BZÖ – vor allem die stets humane Helene Partik-Pablé – kämpft weiterhin dafür, dass ausländische Volksschüler, die einmal sitzen bleiben, keine Staatsbürgerschaft bekommen.

Schweitzer: Schau her amoi, was i no gschriem hob: Und weidas verwärn mir uns auf des endschidendste dagegn dass ma denare Bangaten de wos net ursupa Deitsch reden de Stodsbirgaschafft nachehaun. Weu – so hoit!
Rossmann: Bravo! Bessa hätt's net amol i als Büldungssprecharin schreim kenna.
Schweitzer: Du vagist woul, das i a Lehra bin.
Rossmann: Oba nur a ding, a Durnlehra.
Schweitzer: Na und? Mensa ma im Chor bohrt es ana, net? Du waaßt ja, was des haaßt.
Rossmann: Na.
Partik-Pablé: I bin so empört über dieses linkslinkslinke Gutmenschentum, mir fehlen jetzt no die Worte!
Schweitzer: Na geh. Schad eigentli.
Partik-Pablé: Mir sollten no vü mehr gegen diese Unterwanderung unternehmen: Bei ana schlechten Noten in Rechnen streich ma de Kinderbeihilf. Und bei ana Betragensnoten – Abschieben!

Schweitzer: Eh. I maan, aus denare Kinder wern speda amoi Voidrodln, net? Hirnederln, wia ma so sagt. Kopfschissla. Nudlau ...
Partik-Pablé: I glaub, mir ham's kapiert, Karli.
Schweitzer: Und de sollen dann amoi uns wöhn? Bei den Büdungsnivea, wos unsere Wöhla ham tan? Agademiger wohin ma schaut, vaschtest? Indellegduölle übaroll!
Partik-Pablé: Oba net, dass bei aller geistigen Bildung die Herzensbildung zu kurz kommen wär, net?
Rossmann: Na sichalich nit! I kenn zum Beispül kaum wen, der was net nur so gscheit, sondern a no so unhamlich simpadisch is wia i.
Schweitzer: Na ja, i.
Partik-Pablé: Und i erst!

Roter Oktober 3. 10. 2005

Der spannende steirische Wahlsonntag aus Sicht der tapferen Kandidaten.

9.21 Uhr.** **Gerhard Hirschmann versucht bis zuletzt alles: Er wirbt telefonisch – und diesmal sogar live! – um jede Stimme. Langsam bekommt er aber doch so eine Ahnung, dass der Tag nicht ganz so laufen könnte, wie gewünscht.

Hirschmann: Guten Tag, hier spricht Gerhard Hirschmann, Sie wissen scho, i bin a...
Wähler: Trouttl, a deipatta!
Hirschmann: Sie, mi können sie net abfertigen!
Wähler: Gaunz wous neichs!

11.12 Uhr.** **Ernest Kaltenegger, früh überzeugt von einem KPÖ-Sitz in der Landesregierung, übt bereits seine Dankesrede.

Kaltenegger: Werte Genossen und –innen! Oder na, umgekehrt. Werte –innen und Genossen! Unser lieber Freund, der Fidel, tatert jetzt sagen: Ay, carambol! Oder so. Jetzt bin i net so a überzeugender Redner, i will in dieser freudigen Stunde nur no amol betonen, dass ma sie vor uns net fürchten braucht. Die Turmuhr vom Uhrturm wird net auf Pjöngjang-Zeit umgstellt. Zumindest heut no net. Es wird niemand enteignet – außer vielleicht amol fürn Anfang der Stronach. Aus dem Wirtshaus da am Pogusch mach ma a Volksküche für die arbeitenden Massen der Obersteiermark. Und die Weinstraßen wird zur Traubenkolchose Süd! Äh... I weiß was: I sag einfach nur „Danke!" und hau mei erste Landtagsabgeordnetengage in die Menge.

12.44 Uhr. Dass sich das BZÖ nicht allzuviel erwartet hatte, konnte man schon allein daran erkennen, dass der Spitzenkandidat Michael Schmid hieß. Dennoch könnten sensible Gemüter angesichts der ersten, hochgradig unerfreulichen Trends beim Mastermind auf der anderen Seite der Pack doch so etwas wie Enttäuschung verspüren...

Schmid *(am Telefon)***:** Hallo? Jörg?
Haider: Kummt drauf an.
Schmid: I bin's, da Schmid Michl.
Haider: Guat. In dem Fall bin i net da Jörg.
Schmid: Ha! Haha!

Haider: Gibt's was Wichtiges? I miassat mi nämlich grad dringend mit meine Zechn spielen.
Schmid: I wollt nur..., wegen dem Ergebnis...
Haider: Ergebnis?
Schmid: Na, von der Wahl.
Haider: Wahl?
Schmid: Jörg! Lass uns drüber reden. Verdrängen bringt do nix.
Haider: Du meinst im Sinn von den Hirschmann vom vorletzten Platz verdrängen?
Schmid: Ja, is des jetzt leicht mei Schuld oder was?
Haider: Meine jedenfalls net. Mei Schuld is nämlich nie irgendwas.
Schmid: Aber schau, wenn ma doch mit die Blauen zsamm blieben wä...
Haider: Hallo? Haaallloooo? I hab da Störung! Na geh, jetzt schnappt's ab!

13.11 Uhr. Auch die grüne Spitzenkandidatin Ingrid Lechner-Sonnek und Alexander van der Bellen besprechen das sich abzeichnende aufregende Ergebnis ihrer Partei.

Van der Bellen: Und?
Lechner-Sonnek: Eh.

Van der Bellen: Und sonst?
Lechner-Sonnek: Naja.
Van der Bellen: Bei mir a.
Lechner-Sonnek: Wobei...
Van der Bellen: Ja, doch.
Lechner-Sonnek: Aha. Schon, oder?
Van der Bellen: Mhm.
Lechner-Sonnek: Mhm.
Van der Bellen: Du, und jetzt?
Lechner-Sonnek: Pfah.
Van der Bellen: Ah so.
Lechner-Sonnek: Ja.
Van der Bellen: Na dann.

14.37 Uhr. Die FPÖ kann ihr Glück kaum fassen. Schon beim ersten Wahlvergleich wurde der orange Kontrahent eindrucksvoll in die Schranken gewiesen.

Strache: Alles fest in deutscher Hand!
Schöggl: Jawoll! Des is mei schönster Tag.
Strache: Meiner a. Außer dem, wie ma damals im neunzger Jahr Fußballweltmeister worden san.
Schöggl: Da schau her: Fohnsdorf! Nur minus achtkommasieben!

Strache: A Triumph!
Schöggl: Und Judenburg! I sag nur: Judenburg!
Strache: In dem Fall sag i a: Judenburg!
Schöggl: Minus zehnkommafünf!
Strache: Minus zehnkommafünf? A Wahnsinn normal!
Schöggl: Naja. Auf Judenburg is halt Verlass.
Strache: Und der Alte, ja? Der wird heut a paar Falten mehr kriagn.
Schöggl: Oder glei a Ding, a Orangenhaut, höhö.
Strache: Orangen! Haut! Ha!
Schöggl: Dem hammas zeigt.
Strache: Der braucht nämli net glauben!
Schöggl: Du, oba... Wenn ma a net in den Landtag einekumman?
Strache: Wurscht!
Schöggl: Uh, Gratkorn is da! Minus siebenahalb!
Strache: Siebenahalb! I pack's net! Des is ja no viel schöner wia im neunzger Jahr!

15.17 Uhr. Die Trends werden langsam zur Gewissheit – es gibt an diesem Sonntag einen wirklich großen Gewinner. Einen oft Geschmähten und oft Verkannten...

Voves: Fredl! Na, was sagst, ha?
Gusenbauer *(singend)*: Für mich, soll's rote Roooosen reeeegnen...
Voves: Naja, oba für mi scho a a bissl, oder? Immerhin hab i die Klasnic an die Bandn gecheckt.
Gusenbauer: ...mir sollten sämtliche Wunder be-geg-nen...
Voves: Des erste is dir ja heut scho begegnet! Des war ja praktisch a short-handed goal, net? Nach sechzg Jahr! Bist wenigstens a bissl stolz auf mi?
Gusenbauer: ...die Welt sollte sich um-ge-stalt-en
Voves: Äh..., Josef? Findst du des jetzt net a a bissl komisch? I kumm ma langsam vor wie nach an Stockstich in die Weichteile.
Cap: ...und ihre Sorgen für sich behalten...dadada, dadada
Voves: Sagts, habts ihr irgendwo an Puck auf die Birn kriegt?
Gusenbauer: Mit sechzehn sagte ich still: Ich will...
Voves: Auszeit!
Gusenbauer: ...will groß sein, will siegen, will froh sein, nie lügen... will alles! Oder nichts...
Voves: I! bin! der! neue! Landeshauptmann!! I!!!
Gusenbauer: Für mich, soll's rote Rooosen reeegnen...
Cap: ...dir sollten sämtliche Wunder be-gegnen...

Voves: Des glaubt an ja kana.
Gusenbauer: ...die Welt... Au! Franzl, bist jetzt deppert worden? Tua den Eishockeyschläger weg! Au! Und außerdem: Wieso bist du überhaupt da?
Voves: Des da is die steirische SPÖ-Zentrale. Und mir ham heut a Wahl gwunnan.
Gusenbauer: Geh hör auf! Ihr a?

16.01 Uhr. Die Frau Landeshauptmann weiß nach der ORF-Hochrechnung, dass sie nicht mehr Frau Landeshauptmann ist. Wenigstens ist der Kanzler zum Trost herbeigeeilt.

Schüssel: So. Des reicht mir jetzt. Des seh i überhaupt net ein. Jetzt lass i die Türken in die EU, ha! Mir doch wurscht, ob's dann störöschös Körnöl und Kürbüssüppü heißt. Sollen die Roten halt schauen, wo sie dann bleiben.
Klasnic: I möcht zu meiner Magnolie.
Schüssel: Na geh, du Arme! Möchtest mit ihr reden, net?
Klasnic: Na! I möcht sie umhacken!
Schüssel: Is scho guat, Waltraud. Du bist eh stark.
Klasnic: Was? Estag? Neeiiiiin!
Schüssel: Komm, lehn di an mir an. I spiel Berg.

Klasnic: Aaaargh!
Schüssel: I weiß, der Tag is ein herber. Stein...
Klasnic: Buhuhu!
Schüssel: ...hart, wollt i sagen.
Klasnic: Des hab i alles net verdient. I hab doch von rein gar nix a Ahnung ghabt.
Schüssel: Manchmal is der Wähler wirklich a Hirsch.
Klasnic: Mann!

20.27 Uhr. Apropos: Der telefoniert immer noch.

Hirschmann: Guten Abend, hier Gerhard Hirschmann. I wollt nur fragen, ob sie vielleicht an Auftrag für mi hätten? I wär jetzt nämlich zu haben.
Stimme aus dem Hörer: Es wird mit dem Summerton...

Bruderzwist 17. 10. 2005

Vor der Wiener Wahl streiten sich jetzt Rot und Grün um ... – worum noch einmal schnell?

Van der Bellen: Eigentlich will i ja gar net mit dir streiten.
Gusenbauer: Des trifft si guat. Dann sag in dein nächsten Interview, dass mir Roten eh die besseren Linken san, und alles is paletti.
Van der Bellen: Ihr seids aber net die besseren Linken.
Gusenbauer: Dann mach wenigstens a Wahlempfehlung fürn Häupl Michl.
Van der Bellen: Spinnst? Mach doch du eine für die Vassilakou. Oder na, dann kriegt der Häupl am End a Zweidrittelmehrheit.
Gusenbauer: Dann versprich öffentlich, dass du nach der nächsten Nationalratswahl nur mit mir a Koalition machen wirst und niemals nicht mit dem schiachen unsozialen neoliberalen Schüssel.
Van der Bellen: War heut scho irgendwo a Bordeaux-Happy-Hour oder was? Wer macht denn in letzter Zeit nach jeder Landtagswahl sofort a Koalition mit die Schwarzen? Wir vielleicht?

Gusenbauer: Ihr verlierts ja a in letzter Zeit jede Landtagswahl. I hingegen gwinn jede. Und außerdem is des do wohl bitte überhaupt ganz was anderes.
Van der Bellen: Wieso?
Gusenbauer: Weil's euch nix angeht, was mir machen. Der Hund wedelt immer no mitn Schwanz und net umgekehrt.
Van der Bellen: Aha. Des heißt also, i bin dei Schwanz?
Gusenbauer: Na ja, wenn ma's so sagt, hörts a si vielleicht a bissl komisch an.
Van der Bellen: Sag, wirst du eigentlich nach der Wiener Wahl a wieder so tun, als hättest du sie gwonnen, oder haut dir dann der Häupl des Kreuz ab?
Gusenbauer: Hast du net gsagt, du willst net mit mir streiten?
Van der Bellen: Ma wird ja wohl no gscheiter werden dürfen.

Wiener Wunder 24. 10. 2005

Der Wahltag in der Bundeshauptstadt aus Sicht der Kandidaten.

9.07 Uhr. Schon ganz früh an diesem Wahltag werden Menschen, die über den Viktor-Adler-Markt in Favoriten schlendern, Zeugen der allerletzten Versuche, noch ein paar Unentschlossene zu gewinnen.

Haider: Meinä Damen und Herren, machen sie heutä keinen Fehler: Wenn sie rechte Ausländerfeinde wählen wollen, nehmen sie uns, das BZÖ! Weil i bin nämlich des Original, sie kennen mi do!
Strache: Dafür bin i der Hermann Maier der Innenpolitik! Außerdem heißt's ab jetzt in der FPÖ: Wir machen Politik für die Ärmsten der Armen und net für die Wärmsten der Warmen, höhö!
Haider: Wir Orangen fordern: Serbien muss sterbien!
Strache: Schwach! Der is do gstohlen!
Haider: Ah so? Von wem denn leicht?
Strache: Na, von unserm Kabas Hilmar! Des weiß doch a jeder! Liebä Wienerinnen und Wiena! So ausländerfeindlich wie der abgetakelte Porscheheini da bin i no

lang! Und drum sagen wir Blauen: Pummerin statt Muezzin, jawoll!

Haider: Mehr fallt dir net ein? Pass auf amoi: Wenn ich zum Asiaten kam – ging er sofort heim nach Vietnam!

Strache: Niemanden so gern ich würg – wie den gemeinen Kümmeltürk!

Haider: Schon immer lautet meine These – weg gehört der Libanese!

Strache: Ganz besonders ich mich ekel – vor dem Guatemalteken!

Haider: Der da stinkt so ois wie kana – dos is sicher ein Albana!

Strache: Jörg, gib's doch auf. Du hast ka Chance. I kann di in der Zwischenzeit einfach viel besser nachmachen, als du di selber. I bin du! Und du bist niemand!

Haider: Mei Therapeut wird ka Freud ham.

12.34 Uhr. Bei einem Seidl bespricht der starke Mann der SPÖ mit Alfred Gusenbauer den Ablauf der abendlichen Feierlichkeiten nach dem zu erwartenden roten Triumph.

Häupl: Sag nix.

Gusenbauer: I sag eh nix.

Häupl: Weu, wann du was sagst, dann sag dir i nachher a was.
Gusenbauer: Wann i dir sag, dass i nix sag.
Häupl: Und scho gar net sagst du sowas wie, dass du mit deiner Bundespolitik da... ding, verstanden?
Gusenbauer: Naa.
Häupl: Und schreien tuast a net wie beim Niessl Hans.
Gusenbauer: Net amoi a bissl?
Häupl: Naja. Zumindest net so, dass ma dei Gaumenzapferl wieder siecht. Wenn ma heut a Gaumenzapferl siecht, dann meins.
Gusenbauer: Aber, echt jetzt: Wie soll i nächstes Jahr de Wahl gwinnen...
Häupl: Wann i des wissert!
Gusenbauer: ...wenn i net bei de Landtagswahlen mitprofitieren derf!
Häupl: Na guat. I erwähn di in an Interview. Und du derfst hinter mir stehen und mir ab und zu auf die Schulter klopfen.
Gusenbauer: Sehr großzügig. Weißt, wann i no amoi auf die Wöd kumm, dann werd i a Wiener Bürgermeister. Weu du hast nämlich die leichteste Hackn von uns alle. Du musst überhaupt nix tuan, du hockst nur auf dein...
Häupl: Fredl?
Gusenbauer: Hmm?

Häupl: A Wort no und die Voraussetzung dafür, dass du no amoi auf die Wöd kummen kannst, wird jetzt glei erfüllt.

15.46 Uhr. Die Spitzen der ÖVP sitzen in einem Salon in der City, philosophieren über den Lauf der Welt – und darüber, wie man ihn ändern könnte.

Stenzel: Und was, wenn man's einfach machert, so wie früher, ja? Die Wiener Stadtgrenz' ist die Ringstraßen und aus. Dann soll sich doch der Pröll mit dem ganzen Ruß herumärgern.
Hahn: I wohn aber auch net im ersten Bezirk.
Stenzel: Na gut, dann sag ma halt, der Gürtel. Wien geht bis zum Gürtel und den Rest soll der Kuckuck holen.
Hahn: Dann hätt Wien wahrscheinlich bei der nächsten Wahl an grünen Bürgermeister.
Stenzel: Himmel, ja! Was is bloß aus dieser Stadt worden? I mein, es is ja net amal sicher, dass ich in der City gwinn. Kann man sich das vorstellen? In der City! Ich!!
Hahn: Und wenn ma net über 20 Prozent kommen, wird si sogar der Lopatka schwer tun, des als Erfolg zu verkaufen. Und was erst der Chef dazu sagen wird!
Stenzel: Naja. Nix.

Hahn: Ah eh.
Stenzel: Aber weißt, die werden mi kennenlernen: Wenn i erst Bezirksvorsteherin bin, lass i diese ganzen Proleten ja gar nicht mehr auf die Kärntnerstraßen. Und die Grünen mit ihren Piercings und so auch net.
Hahn: Uschi, i fürcht, des wird net gehen.
Stenzel: Nicht?
Hahn: Leider.
Stenzel: Was is bloß aus dieser Stadt worden?

20.12 Uhr. Die Grünen, mittlerweile im Verfehlen von Wahlzielen schon einigermaßen routiniert, beginnen umstandslos damit, sich den Abend schön zu trinken.

Vassilakou: Griechischer Weiiiiiin, ist so wie das Blut der Erde, schenk nochmal eiiiiiin und wenn ich dann traurig werde... Traurig werde...
Glawischnig: Geh, Vierte is eh super. Andere sind als Dritte schon BundeskanzlerIn worden und..., äh, da sind wir ja nur einen Platz dahinter, net.
Vassilakou: Wir wollten Zweite werden! Grad bei den WienerInnen hätt ich dacht...
Glawischnig: Komm, nimm noch an Schluck aus der DopplerIn.

Vassilakou: Ich mein, an den Themen kann's nicht liegen. Wir waren wie immer die ThemenführerInnen, oder?
Glawischnig: Absolut. Es is ja wohl unsere Stärke, uns nicht in NebengleisInnen zu verrennen.
Vassilakou: Wo is denn eigentlich der Van der BellInnen?
Glawischnig: Äh, wer?
Vassilakou: Der Sascha.
Glawischnig: Der hat wörtlich gsagt er sauft si lieber ohne uns, des Binnen-I und andere Blödheiten an.
Vassilakou: Also weißt, manchmal is er richtig reaktionär.

22.48 Uhr. Jörg Haider erkennt wieder einmal, was das Wahlvolk wirklich will und braucht und fädelt telefonisch das wahrscheinlich am längsten ersehnte Polit-Comeback der Welt ein.

Haider: Hallo, Westi?
Westenthaler: D'Ehre! Alles senkrecht?
Haider: Alles, außerm Schimanek. Hurch, Westi, warum i di anruaf: Gfallt's dir eigentlich beim Stronach?
Westenthaler: Naja, wie soll i sagen... I verdien a Lawine und tua nix dafür. Besser als a Staa am Schädel oder?

Haider: Aber früher, weißt no? Die aufopferungsvolle Tätigkeit zum Wohl des Landes...
Westenthaler: Des Wohl des Landes is mir scho immer am Ar...
Haider: ...die Arbeit für die Menschen da draußen...
Westenthaler: ...Menschen, Menschen – weißt, was mi die meisten Menschen können?
Haider: ...des vollkommen rücksichtslose und tiefe Anpinkeln und Niedermachen von jedem, der uns irgendwie im Weg gstanden is!
Westenthaler: Bist du deppert, ja! Des war urgeil!!
Haider: Wie leicht kannst du aus dem Vertrag beim Stronach ausse?
Westenthaler: Des is überhaupt ka Problem net. Ich nehme den Hut und sage Adieu, wann's mi gfreit.
Haider: Hervorragend. I brauch jetzt an Mann mit deiner Erfahrung.
Westenthaler: I war aber in der letzten Zeit nur im Entertainment-Bereich tätig, des weißt scho.
Haider: Und war des leicht damals in der FPÖ wirklich anders? Und jetzt kriegst du den Job von...
Westenthaler: Des is mir ganz wurscht, Hauptsach, i derf wieder bei dir sein. Gib ma an Schlagring, a Kalaschnikow und sechs Eierhandgranaten – und alles wird wieder wie früher!

Freundschaftsdienst 31. 10. 2005

Willi Molterer hat die Parole ausgegeben, die ÖVP möge den schwer gekränkten Jörg Haider pfleglich behandeln, um die Koalition nicht zu gefährden. Guter Plan.

Schüssel: Und jetzt alle!! A one, a two, a onetwothree-four – Feihein seiiin, beinanda bleiiben! Feihein seiiin, beinanda bleiiiben ...
Haider: I siech's genau!
Schüssel: Was denn?
Haider: Der Pröll singt net mit.
Schüssel: Des meint er net so. Er kann nur den Text net.
Haider: Den Text tät si sogar der Strache merken. Aber bitte, wenn ma mich hier nicht schätzt, kann ich ja auch gehen.
Schüssel: Neinneinnein, des verstehst du völlig falsch, Kinder kommts: For he's a jolly good fellow ...
Haider: Die Gehrer.
Schüssel: Was is mit ihr?
Haider: Die war an der Querflöte schon amol eruptiver.
Schüssel: Äh ... ein Auslaufmodell, weißt? Die Liesl is ein Auslaufmodell, die geht bald in Pension und haut sich nimmer so ins Zeug. Des hat nix mit dir zu tun.

Haider: Na guat. Kann i no was vo der Kabas-Torte ham?

Schüssel: So viel du willst! Übrigens, was i dir sagen wollt: Hervorragende Entscheidung, di aus der Bundespolitik zurückzuziehen, um von Kärnten aus zum entscheidenden Schlag auszuholen.

Haider: Dos hast bei die letzten viermal a scho gsagt.

Schüssel: Und den Gorbach zum BZÖ-Chef zu machen! Genial. Der geht nach der Wahl in die Wirtschaft, is also praktisch ein ...

Haider: ... Auslaufmodell?

Schüssel: Uh, schon wieder so ein dummes Missverständnis ... Kinder, jetzt aber mit Schwung: Er ist so schön, er ist so toll, wir stehen auf ihn – aber voll ...

Hier re-giert das B-Z-Ö! 7. 11. 2005

Das BZÖ soll politisch tot sein? Was ist das wieder für ein Blödsinn?

Gorbach: I mach das ja jetzt au.
Haubner: Was?
Gorbach: Na, das mit dem Kalorienzählen.
Haubner: Geh, bitte! Was soll da scho rauskommen?
Gorbach: Möglichst wenig.
Haubner: Ah so. Weil du ja a Kopfarbeiter bist.
Gorbach: Nein, das nit. Aber bei die Weight Watchers.
Haubner: I find mei Schwerarbeiterregelung jedenfalls sehr gelungen. Sie is so kompliziert, dass sie total danach ausschaut, als hätt ma voll lang drüber nachdenkt.
Gorbach: I bin au begeischtert. Und was sagt eigentlich dei Bruder dazu?
Haubner: Des kummt drauf an. Manchmal sagt er: „Die Stimme sagt, ich werd trotzdem Bundeskanzler." Dann wieder: „Der Wind hat mir ein Lied erzählt." Und einmal hat er gsagt: „Rosebud."
Gorbach: Aha. Du, dann frag i ihn gar nit lang wegen meiner grenzgenialen ÖBB-Finte, odr?

Haubner: Na ja. Es würd ihn scho freuen, wenn er wüsst, dass du die Roten ärgerst, solangst no kannst … Aber man weiß halt net, ob's ihn no erreicht.
Gorbach: Und wenn i ihm die Mütze von einem abgebauten Fahrdienstleiter bring?
Haubner: Dazu muss amal einer abbaut werden. Derweil redst ja nur groß.
Gorbach: Tue Gutes und rede darüber, odr?
Haubner: Und im Zweifel fang mit dem Reden an.
Gorbach: Genau.
Haubner: Du, und sonst?
Gorbach: Na ja. I hätt mir denkt, als Nächschtes red i wieder ein bissl über die Bawag. Nit, dass i davon a Ahnung hätt, aber mei – nobody isch perfect, odr?
Haubner: Und so kommt jedes Monat ein Prozent dazu, gell?
Gorbach: Rosebud!

Gottseibeiuns 14. 11. 2005

Seit ein doch sehr wichtiger grüner Bezirksrat schmähhalber forderte, das Konkordat zu kündigen, scheint Heiligkeit in der ÖVP das Gebot der Stunde zu sein.

Schüssel: Wahrlich, ich sage euch: Wer Wind sät, wird Sturm ernten!
Van der Bellen: Und i sag dir: Selig die Armen im Geiste, denn ihrer ist momentan die Regierungsbank!
Schüssel: Ts, ts, ts ... diese Grünen! Er wird Strahlen über sie schütten! Er wird sie mit Feuer tief in die Erde schlagen, dass sie nicht mehr aufstehen!
Khol: Hervorragendes Zitat! Psalmen, Kapitel 140, Vers ... 10?
Schüssel: Bitt dich gar schön! 11!
Khol: Oh. Natürlich.
Van der Bellen: Und wo genau in der Bibel steht eigentlich, dass die Wahrheit eine Tochter der Zeit is?
Khol: I weiß jedenfalls, wo das steht: Des Weisen Herz ist zu seiner Rechten, aber des Narren Herz ist zu seiner Linken. Prediger, Kapitel 10.
Van der Bellen: Vers?
Khol: Weiß i jetzt net auswendig.

Van der Bellen: Na geh! So wirst dir aber später neben mir im Höllenfeuer Brandblasen holen.
Schüssel: Deine Witz kannst dir sparen. Die Sache is ernst. Des Konkordat kündigen, wo gibt's denn so was!
Van der Bellen: O. k. Wo is sie?
Schüssel: Wo is was?
Van der Bellen: Die versteckte Kamera.
Khol: Die Gottlosen sind wie ein ungestümes Meer, das nicht still sein kann und dessen Wellen Kot und Unflat auswerfen! Jesaja, Kapitel ...
Van der Bellen: Hätt auch Lopatka sein können.
Khol: Frevler!
Van der Bellen: Du Heuchler, zieh zuerst den Balken aus deinem Auge; danach sieh zu, wie du den Splitter aus deines Bruders Auge ziehst.
Schüssel: Es reicht. Nimm dein Bett und geh!

Pervers 21. 11. 2005

Ewald Stadler und Heinz-Christian Strache besuchen den Life-Ball, um homosexuelle und andere perverse Partnerschaften zu studieren

Stadler: Sie da! Sie Perversling! Nein, der andere! Wenn ihre Mutter wüsste, was Sie da treiben, die gäb glatt ihr Kreuz zurück!
Strache: Was war des, was der da anghabt hat?
Stadler: I weiß nit genau. Ausgschaut hat's wie eine Feldmaus.
Strache: Des a no! Schwul und a Sodamit!
Stadler: Sodomit.
Strache: Ah so? Naja. Du hast des Hirn, i des Gsicht.
Stadler: Ich könnt's ja no verstehen, wenn's a fescher deutscher Schäferhund wär. Aber eine Maus...
Strache: Was is eigentlich aus dem gesunden, sauberen Sex unserer Jugend worden? Du fragst eine, ob sie deinen Säbel sehen will, schleppst sie auf die Bude, füllst sie ab und – bamm!
Stadler: Und dass diese Kranken überhaupt kein natürliches Schamgefühl haben. I mein, anständige Leut drehen ja sogar zu Haus das Licht ab, wenn..., na, du weißt schon.

Strache: Naja, a net immer oder?

Stadler: Also i war da immer konsequent. Alle fünf Mal.

Strache: Schau, is des dort glaubst a Lesben? De is so schiach.

Stadler: Nein. Das isch doch der Hilmar mit seiner Biene-Maja-Perücke. Weißt eh, der Undercover-Sicherheitscheck!

Strache: Ah ja! Äh..., is das eine Pfauenfeder in seinem... dings?

Stadler: Also..., das isch ja... In die muss er irgendwie reingerannt sein, der Arme. Wie damals in die Torte.

Strache: Da – der Häupl. Und is des net der Elton John neben ihm?

Stadler: Na, des trifft sich ja ausgezeichnet. Sie da! Sie Perversling! Nein, der andere!

Fundi-Wehen 28. 11. 2005

Die Grüne Eva Glawischnig bekommt also ein Baby. Hoffentlich mischt sich nicht auch da noch der neuerdings wieder erstarkte Fundi-Flügel ein.

Arzt: Pressen!
Fundi: Sie brauchen net glauben, dass Sie über uns BasisdemokratInnen so drüberfahren können. Eva, du presst net, bevor unsere Gremien des net diskutiert ham.
Arzt: Und wie lang dauert das?
Fundi: Naja, wenn si jede und jeder einbringt und sich wie gewohnt eine ur-fruchtbare Auseinandersetzung ergibt und wenn ma bedenkt, dass wir bei so einer wichtigen Entscheidung natürlich a Sechssiebentelmehrheit brauchen, bei einem Quorum von neunzehn Sechsundzwanzigstel, aber nur, soferne mindestens einundvierzig Achtundachzigstel der Anwesenden Frauen sind, weil sonst...
Arzt: Wie lang?!?
Fundi: Höchstens so 14, 16 Stund. Wir diskutieren sehr effizient.
Glawischnig: I hab in aner halben Stund an Fototermin, bis dahin muss der Pamperletsch draußen sein, sonst

schaff ma's net aufs Cover von der Sonntags-Krone. Und außerdem is des mei Baby, des geht euch gar nix an.

Fundi: Diesen überholten Eigentumsbegriff kann ma nur als Anbiederung an die neoliberalen Ausbeuter-Innen von der ÖVP verstehen. I bin jetzt echt total betroffen.

Arzt: Was wünschen Sie sich denn eigentlich?

Glawischnig: Einen Ministerposten.

Fundi: Die 35-Stunden-Woche bei vollem Lohnausgleich.

Arzt: I hab gmeint: Soll's ein Bub oder ein Mädchen werden?

Fundi: Das dem Kind vorzuschreiben is aber brutal autoritär!

Glawischnig: Mir is wurscht. Hauptsach, a Realo.

Befruchtung 5. 12. 2005

Der Weltpolitiker Wolfgang Schüssel auf großer Tour: Letzte Woche bei Wladimir Putin im Kreml.

Putin: Mein lieber Freund ..., äh..., Wolfgang? Wolfgang, karascho! Strasdwice!
Schüssel: Stolichnaya!
Putin: Was machen die Hunde in Österreich?
Schüssel: Die Hunde? Naja, zum Glück sind sie immer noch in Opposition. Aber wir haben nächstes Jahr Wahl und...
Putin: Ich meine die Hunde, die ich dem Präsidenten geschenkt habe. Der dann gestorben ist.
Schüssel: Ah so! Die zwei Flohbeuteln... Tut mir Leid, Vladi, keine Ahnung. Frag den KGB.
Putin: Gut. Und wegen der Opposition – du hast wirklich immer noch eine bei dir in Österreich?
Schüssel: Tja, was soll ich denn machen? Bei uns gibt's Meinungsfreiheit, allgemeines Wahlrecht, ein Parlament...
Putin: Bei uns auch.
Schüssel: Und in dem Parlament sitzen eben auch Oppositionelle.
Putin: Bei uns sitzen die in Sibirien.

Schüssel: Siehst, Vladi, das mag ich am Reisen: Man bekommt einen völlig anderen Blickwinkel auf manche Sachen, es befruchtet so ungemein. Ma ist dann viel eher bereit, sich zu Hause von ausgetretenen Pfaden zu entfernen...

Putin: Schau: Zuerst musst du den Rundfunk unter Kontrolle haben.

Schüssel: Hab ich schon.

Putin: Dann musst du überall im ganzen Land alle Schlüsselpositionen mit deinen Leuten, die nur dir gehorchen, besetzen und sagen, dass ist jetzt eine Entpolitisierung.

Schüssel: Sag ich schon.

Putin: Und dann du musst jede Kritik an dir als Verrat an den nationalen Interessen hinstellen.

Schüssel: Tu ich schon!

Putin: Warum wolltest du noch einmal von mir befruchtet werden?

Well... 12. 12. 2005

Das Treffen von Wolfgang Schüssel und George Bush war laut dem Kanzler „ein sehr offenes Gespräch mit gegenseitigem Eingehen auf Argumente".

Schüssel: Well...
Bush: Yeah. Well!
Schüssel: And what else I wanted to say... Äh, you don't torture anyway, do you?
Bush: Come on, Wolfgang! Of course not!
Schüssel: Fine!
Bush: By the way – I like your name. Wolfgang. Like my favourite composer.
Schüssel: Mozart?
Bush: Hackensack. Wolfgang Hackensack from the „Dixie Rednecks", Houston, Texas. Never heard of him?
Schüssel: I'm afraid, I haven't.
Bush: Well... Must be, cause you're different in Europe. I mean, we're all different, aren't we? I'm different, you're different. It's a funny world.
Schüssel: Yes.
Bush: Or take this French guy for instance. What's his name again, Chi... something. Man, I can tell you, he definitely is different!

Schüssel: Well...
Bush: Yeah. Well!
Schüssel: And... the flights.
Bush: The flights.
Schüssel: What, if we simply don't talk about the flights?
Bush: I have a terrific idea: Let's not talk about the flights, o.k.?
Schüssel: That's what I've said.
Bush: Oh. Have you?
Schüssel: Yes.
Bush: Sorry, I didn't get that. Must be, cause you're different. Are you French? No, just kidding!
Schüssel: Sometimes I wonder, what it is like to be the leader of the only superpower on earth.
Bush: Yeah. Me too.
Schüssel: But... you are the leader of the only superpower on earth!
Bush: Oh, am I? Bloody hell!
Schüssel: Well...
Bush: Yeah. Well!

Tatütata! 19. 12. 2005

Hubert Gorbach, von Beruf wichtig, hätte gern Blaulicht auf seinem Dienstwagen, kriegt es aber nicht. Beschämend, wie diese Republik mit einem ihrer Besten umspringt.

Gorbach: Ja, und wenn i im Einsatz bin? Im ganz dringenden?
Schüssel: Was wär a ganz dringender Einsatz bei dir?
Gorbach: Ach, das kann viel sein – die Vereinigung der schnurrbarttragenden polnischen Skispringer will mir ihr goldenes Ehrenzeichen verleihen, und i bin spät dran, i muss die Auschtern für das Bewerbungsgespräch mit der Miss Vorarlberg für mein Kabinett aber wirklich sofort in den Kühlschrank bringen, oder i will einfach so 160 fahren, aber die Teschtstrecke isch so weit weg.
Schüssel: Des sind alles fürwahr sehr überzeugende Einsätze. Aber was soll i jetzt eigentlich machen?
Gorbach: Na, intervenieren! Sag der Prokop, die soll mir das Blaulicht geben, biiiiitte! I krieg schon langsam Potenzprobleme, weil i keins hab.
Schüssel: Bitte, Hubsi! Bloß keine Details.
Gorbach: I kann aber au andersch!

Schüssel: Uäääh! Keine Details hab i gsagt!
Gorbach: Nein, das hascht jetzt falsch verstanden! I hab gmeint, i kann das au zur Koalitionsfrage machen! Wir haben keine Angscht vor einer Neuwahl ... Und da gibsch jetzt au sicher nix zu lachen!
Schüssel: Hubsi, wenn i mir des so recht überleg, dann solltest du dei Blaulicht wirklich bekommen.
Gorbach: Ah, schau, schau! Weil du dich jetzt vor mir fürchtescht, gell?
Schüssel: Na. Aber dein Dienstwagen geht locker als Krankentransporter durch.
Gorbach: I hab gwusst, du lasst mi nit im Stich!

„Kunst kann – uns" 2. 1. 2006

Auf Einladung des Kulturressorts der „Krone" diskutieren Politiker die grauslichen, widerwärtigen, perversen und überhaupt „EU-Porno-Plakate".

Burgstaller: Bitte, i könnt ja auch sagen: Die „Krone" hat wieder a Thema für die Dodeln, da setzen wir Roten uns drauf, weil schließlich woll ma die Wahl gwinnen, und wer bitte soll uns wählen, wenn nicht ..., na ja, wurscht jetzt, aber jedenfalls, ich bleib weiterhin total weltoffen, und Kunst darf schon ..., ding, das is mir irrsinnig wichtig, also sag i: Das is frauenfeindlich!
Strache: Ich kenn einen Porno, wenn ich einen seh. Und so wie die drei da mit die Masken, ja? Das is ..., i mein, was ma si für sei Schlafzimmer wünscht, bitte, das is jedem sein ..., net? Weil die eine hat ja eh ganz ordentliche, da kann ma si net beschweren, höhö ..., aber der Bush und die vertrocknete Queen, uäääh! Aber wenn i, sag ma, der hinten wär, ja? I nehm dann immer die Masken vom Zorro.
Schüssel: I hab's net gsehn, i hab's net zahlt, i hab's sofort abgstellt. Die andern reden, ich tu was. Wer, wenn nicht ich. Ende.

Glawischnig: Das eigentlich Traurige is ja, dass ma mit solchen künstlichen Debatten die echten Probleme in diesem Land unter den Teppich kehrt. Die Entwurzelung von mongolischen MigrantInnen der vierten Generation, die Diskriminierung von Schwulen und Lesben in gemischten Saunen und, und, und.
Haider: Bei uns in Kärnten derf an sich alles hängen, solang's einsprachig is. Aber wenn i der Schüssel wär, wär i net nur vü schiacher als jetzt, sondern dos alles wär net passiert. So einen Slip hab i mir trotzdem bstellt.

Rechtsdrehend 9. 1. 2006

Jörg Haider lässt jetzt zehn Kärntner Gemeinden darüber abstimmen, ob in der Ortstafelfrage die Verfassung für sie gelten soll oder lieber doch nicht. Eine Innovation, die Schule machen sollte.

Khol: Und? Wie isch es ausgangen?
Bartenstein: Ganz hervorragend! 92 Prozent der Unternehmer finden, dass des Arbeitsrecht net so super is, und wollen si drum nimmer dran halten.
Khol: Ein Triumph der Demokratie!
Bartenstein: Und in Grinzing derf ma ab jetzt mit 4,7 Promill Auto fahren. Da hamma no a Spezialabstimmung unter die Heurigenwirten ghabt.
Schüssel: Na schauts, Kinder! Und ihr warts so skeptisch, wie der Haider damals mit seine Umfragen angfangt hat und i net eingriffen hab.
Molterer: I muass zuageben, wie damals die Kennzeichnung von alle Kärntner Slowenen mit rote Partisanen-Stern beschlossen worden is, hat's sogar mi grissen – und i bin net haklich. Aber du hast wie immer Recht ghabt.
Schüssel: Und wie's alle gheult ham: Gefährdung des Rechtsstaats, blablabla! Wann i des scho hör!

Khol: I sag ja immer: Der Rechtsstaat isch eine Tochter der Zeit.
Schüssel: Wobei ..., i geb schon zu, dass ma jetzt im Innviertel sein Nachbarn erschießen derf, wenn der Kirschbaum mehr als einen Meter über die Grundgrenz wachst – des find i auch a bissl übertrieben.
Khol: Tja. War offenbar a Riesenproblem dort.
Bartenstein: So wie die Ortstafeln in Kärnten halt.
Molterer: Du, Chef, was anders: Willst du eigentlich mei Presseaussendung no lesen, bevor i si ausschick?
Schüssel: Worum geht's?
Molterer: „Opposition zerstört politische Kultur in Österreich!"

Schmiedl 16. 1. 2006

Die SPÖ wird vorgeworfen, sie treibe es in letzter Zeit arg populistisch. Angeblich steht auch schon das ungefähre Gerüst für die Wahlkampfreden.

Gusenbauer: ...und was bitte ist daran populistisch, wenn ich sag, Kunst kommt immer noch von können? Und des einzige, was diese Staatskünstler können, is, die Hand aufhalten und um unser sauer verdientes Geld irgendeinen schiachen Schmarrn produzieren! Und da muss ma scho fragen, liebe Freunde, wollt ihr Jelinek, Schlingensief und Nitsch – oder Kunst und Kultur? Gut, wenn die EU das zahlen tät, das wär was anderes. Aber da brauch ma uns keine Hoffnungen machen, weil bei der EU zahlen ja eh immer nur wir – und zwar drauf. Bitte, da gibt's ein Joghurt, ja? Ein Joghurt, wo die in Brüssel Schildläuse reinhauen! Dafür brauch ma Europa, damit ma sowas als Nettozahler subventionieren und nachher auch noch fressen müssen? Na, schönen Dank! Inkompetent is er und ein Sicherheitsrisiko, dieser feine Herr Barroso. Hab i Recht oder hab i Recht? Es is überhaupt hoch an der Zeit, dass wir uns wieder auf das Wichtige besinnen und sagen: Österreich zuerst! Dieses Österreich, unsere wunderbare Heimat, die vor allem von der Altpartei ÖVP in den letzten Jahren zu einem Selbstbedienungsladen gemacht wurde. Ich weiß da von einem schwarzen Funktionär, der als Portier im umgefärbten Hauptverband der Sozialversicherungen, dieser ohnehin komplett sinnlosen Versorgungsanstalt für Politgünstlinge, arbeitet. Sofern ma das Arbeit nennen kann, höhö. Und wissen Sie, was der kassiert? Schaun Sie, i hab da ein Taferl vorbereitet...

Bedenkliche Verfassung 23. 1. 2006

Jörg Haider und sein zum hervorragendsten politischen Personal Österreichs zählender Staatssekretär widmen sich weiter dem letzten Thema, das ihnen geblieben ist

Dolinschek: I hob mir folgendes überlegt: I lass meinen Schofför morgen auf da Ringstroßn an Hunderter fahren. Und dann zeig i ihn bei da Polizei an.
Haider: Wieso?
Dolinschek: Na, weil, wann i fahren tat, dann miassat i ja sölba zahlen. Und i muass sparen für nach der Wahl, weil dann...
Haider: Sigi! Wozua überhaupt des Ganze?
Dolinschek: Weil dann muass der Vafossungsgerichtshof entscheiden, dass bei de Großkopferten a zwasprochige Ortstafeln aufgstöllt werden! Weil für mi als Minderheit waren die nit richtig. Da hätt nämlich stehen miassn: Wien – Wean!
Haider: Des werden de Falotten sicher net machen. Mir Deitschkarntna zählen ja nix mehr im eigenen Land.
Dolinschek: Wegen diese Putschisten im Talar traam i jo sogar scho von de bleden Ortstafeln!
Haider: Und i von an Grundmandat.
Dolinschek: Dos schaff ma! Und wenn ma a no alle

Wildwechseltafeln um an halben Meter verrucken miassn.

Haider: Warum sollt ma des miassn?

Dolinschek: Wos waaß denn i? I hab's ja scho bei de Ortstafeln nit verstanden.

Haider: Abgsehen davon miass ma jedenfalls langsam a anfangen die Almhütten zu befestigen, Sprengfallen bauen, Waffenlager anlegen... Kampflos überlass ma den Slowenen weder Blut noch Boden!

Dolinschek: Mei Held! Und der Gusenbauer traut si sagen, du bist a Fall für die Psychiatrie!

Haider: Da fallt ma ein, meine Tabletten san aus.

Wahrlich, ich sage euch... 30. 1. 2006

Jörg Haider entdeckt Parallelen zwischen sich und Jesus Christus. Der Umbau des BZÖ zur Religion ist also nur mehr eine Frage der Zeit.

Scheuch: Geh, Chef, i mag nimmer. I muaß jetzt scho total dringend aufs Klo!
Haider: Wahrlich ich sage dir: Trink oder es setzt was!
Scheuch: Na guat... Na, wieder nix. Dos is kein 97er Riesling Smaragd. Dos is immer no Wossa.
Haider: Mein Gott, mein Gott – warum hast du mich verlassen?
Gorbach: Mach dir nix draus, Jörg. Always look on the bright side of life!
Haider: Du bist Hubert, der Fels! Und auf diesen Felsen will ich meine Kirche bauen.
Gorbach: Hubert heißt aber gar nit Fels. Vielleicht baust sie doch lieber woanders hin.
Haider: Du zweifelst? Weh mir! Noch ehe der Postmann zweimal klingelt, wirst du mich dreimal verleugnet haben.
Gorbach: Jörg, ehrlich jetzt: Du solltest bei die Wahlkampfauftritte nit ganz so gschwollen daherreden. Sonst wird's schwierig mit dem Grundmandat.

Scheuch: Außerdem glaub i, dass ma zu unsere Wähler eher nix sagen sollt, wo „Selig sind die Armen im Geiste" vorkommt. Sie könnten dos missverstehen.
Gorbach: Und der Schweitzer Karli lasst dir ausrichten, dass er nit den Lazarus spielen mag. Er sagt, des schadet ihm sicher bei den Hasen.
Haider: So, so. Da muss i drüber nachdenken. Am besten geh i 40 Tage und Nächte in die Wüste, zum Meditieren.
Gorbach: In die Wüste?
Haider: Ins Gurktal halt.
Scheuch: Na guat. Lass dei Handy aufdraht. Aber ans no, wegen der Terminplanung: Wann mach ma dos mit der Auferstehung?

Das Salz der Erde 30. 1. 2006

Die Saliera ist wieder da – Grund zur Freude und für ein leider nie geführtes und darum sehr exklusives Interview mit Elisabeth Gehrer und Wilfried Seipel

profil: Herr Seipel...
Seipel: Ach, wissen Sie was? Wo wir hier so gemütlich zsammsitzen, nennen Sie mich doch einfach Generaldirektor Professor Seipel.
profil: Herr Generaldirektor Professor Seipel, als Sie bei der Pressekonferenz den Dreizack wieder an der Saliera montiert haben…,
Seipel: … da waren Sie beeindruckt, oder? Nun, ich muss gestehen: Ich eigentlich auch. Aber sehen Sie, guter Mann, genau das unterscheidet mich von vielen anderen im Kunstbetrieb: Gelernt ist eben gelernt. Ich hab von vornherein genau gewusst, wo der hingehört.
Gehrer: Kunst kommt halt doch von Können, nit wahr.
profil: Ich wollte eigentlich sagen: Als Sie bei der Pressekonferenz den Dreizack wieder an der Saliera montiert haben – war das nicht eine ziemlich peinliche Selbstinszenierung?
Gehrer: Oha.

Seipel: Der ist also auch so einer. Liesl, könntest du dich bitte schützend vor mich werfen? Ich will nicht zurücktreten.
profil: Ich hab doch noch gar nichts von Rücktritt gesagt.
Seipel: Das wär ja auch noch schöner. Denn es ist ja offensichtlich, dass nicht dieser kaltblütige, bis an die Zähne bewaffnete und darüber hinaus auch noch artistische Profiräuber der angeblich so fesche Held in dieser Geschichte ist. Das bin ja wohl immer noch ich.
profil: Sie? Warum Sie?
Seipel: Liesl, könntest du dich bitte noch einmal schützend vor mich werfen?
Gehrer: Der Wilfried hat sehr gelitten seit dem Diebstahl. Der hat ja schon weinen müssen, wenn sich beim Heurigen wer das Schmalzbrot gesalzen hat.
profil: Wobei Rücktrittsaufforderungen für Sie ja nicht unbedingt etwas Neues sind.
Seipel: Mein Gott, wegen der Rechnungshofberichte – na und?
Gehrer: Der Rechnungshof ist doch das Salzamt!
Seipel: Salzamt, ha! Köstlich! Das Salzamt gegen das Salz der Erde.
profil: Man hat Ihnen vorgeworfen, sie hätten „die Grundsätze ordnungsgemäßer Buchhaltung und Bilanzierung“ nicht eingehalten.

Gehrer: Das soll ein Rücktrittsgrund sein? In welchem Land leben Sie? Schon in dem von Karl-Heinz Grasser, oder?

profil: Ihr Gehalt wurde auch kritisiert.

Seipel: Ach, Neider gibt's überall. Ich sag Ihnen eins: Mit dem Alleinverdienerabsetzbetrag komm ich grad so über die Runden.

profil: Na, immerhin geht es sich aus, dass sie ihrem eigenen Museum ein paar Uschebtis abkaufen können, obwohl das Museum die gar nicht verkaufen dürfte.

Seipel: Die haben wir eh doppelt gehabt.

Gehrer: Eben. Wer braucht schon doppelte Uschebtis?

Seipel: Wenn ich zu Hause welche doppelt hab, dann tausch ich mit anderen Museumsdirektoren. Das ist lustig, so wie mit den Panini-Bildern vor der Fußball-WM.

Gehrer: Sehr gscheit. Aber abgesehen davon: Was sind Uschebtis? Und Panini?

Seipel: Ägyptische Grabbeigaben.

Gehrer: Aha. Und warum tauscht man die vor einer Fußball-WM?

profil: Herr Generaldirektor Professor Seipel, Sie verdienen 246.400 Euro im Jahr. Und zu Weihnachten haben sie lange Zeit sogar den 80-Euro Zuschuss für „unverschuldet in Not geratene Beamte" ausgezahlt bekommen.

Seipel: Na und? Bin ich etwa nicht unverschuldet in Not geraten mit diesem dreisten Diebstahl? Liesl!

Gehrer: Ich werfe mich schützend vor dich!

profil: Warum müssen Sie ihn eigentlich immer verteidigen?

Gehrer: Weil's noch peinlicher wird, wenn er's selber tut. Haben Sie nicht die „Zeit im Bild 2" mit ihm gesehen?

profil: Und wie war die Sache mit dem Geburtstagsfest für Staatssekretär Morak im Museum?

Seipel: Schauen Sie, Sie kennen doch den Morak. Wer hätte denn bitte sonst für ihn ein Fest gemacht?

profil: Aber die 6000 Euro, die es gekostet hat, wurden auch noch aus dem Museumsbudget bezahlt.

Gehrer: Hören Sie, man kann wohl kaum vom Wilfried verlangen, dass er für den Morak eine Party schmeißt und die dann auch noch selber zahlt. Ist er die Caritas oder wie?

profil: Würden Sie Otto Habsburg auch heute noch als „Seine Kaiserliche Hoheit" ansprechen, wie damals bei der Buchpräsentation über den seliggesprochenen Karl?

Seipel: Natürlich. Erstens wär ohne seine Familie mein Museum leer. Und außerdem sind seit damals meine Krampfadern viel besser. Das ist ein Wunder.

Gehrer: Wie jetzt das mit der Saliera. Und das lassen wir uns weder von Ihnen noch von der Opposition noch von sonst wem madig machen.
Seipel: Genau.
Gehrer: Aber eins muss ma über diesen Dieb tatsächlich sagen…
profil: Was denn?
Gehrer: Unfesch is der wirklich nicht.
profil: Sehen Sie jetzt diese kleine Figur, die der Herr Generaldirektor Professor gerade auf seinem Kopf zerbricht? Das ist ein Uschebti.
Gehrer: Na hoffentlich hamma den doppelt.

Sonntagsausflug 6. 2. 2006

Saliera, Klimt-Gemälde, Elite-Uni – nach zwei solchen Wochen muss Elisabeth Gehrer auch einmal ausspannen

Gehrer: Dos war a gute Idee von euch. I war eh scho so lang nimmer im Museum.
Schüssel: I hab mir halt dacht, dass ma's auch amal in natura sieht, bevor s' weg san.
Gehrer: Aber jetzt amol ehrlich: Gfallt euch des?
Schüssel: Naja. Das ganze Gold und so... Schon kitschig.
Molterer: I hab ja des eine berühmte von ihm, da wo sie schmusen, als Kunstdruck. I sag euch, der is technisch besser als des da. Irgendwie schärfer, wissts?
Gehrer: Und wie blasiert diese Adele schaut! Also i brauch dos nit.
Schüssel: Vor allem net um des Geld!
Molterer: 250 Millionen... Mit dem stellt uns der Erwin ja glei eineinhalb Elite-Unis hin.
Gehrer: Und da könnt der Shuttle-Bus nach Gugging sogar alle Viertelstund fahren.
Schüssel: Wobei, es tät auch keinem schaden, wenn er a bissl länger wart. Auch einem Herrn Zeilinger net.

Molterer: Weil, wer is der scho? Und was kann er scho groß?
Schüssel: Licht beamen.
Molterer: Und wer bitte braucht des? Wenn er die Roten wegbeamt, na guat. Aber Licht? Wenn i will, dass es weg is – na dann drah i's halt ab!
Gehrer: Kinder, was meints? Gemma noch ins Kunsthistorische? Dort hängen Bildln, die uns no länger ghören, als die da.
Molterer: Außer, sie werden uns gstohlen, hihi!
Schüssel: Willi!
Molterer: Des war a Witz!
Gehrer: Du weißt, i bin da im Moment sehr sensibel!
Schüssel: Und i bin bei Witzen sowieso immer quasi a Moslem.
Molterer: Ma, tuat ma Leid. Manchmal bin i a richtiger Cap.

Family Business 13. 2. 2006

Das politisch wichtigste Geschwisterpaar Österreichs hatte mal wieder eine richtig starke Woche.

Haubner: I bin viel lustiger als du!
Haider: I bin lustiger! War i scho immer, ähätsch!
Haubner: Nix da! Über mi hauen si alle ab!
Haider: Und wegen mir krümmen sie si schon am Boden!
Haubner: I hab ihnen eingredet, de Werbung von mein Ministerium is gelb und net oraundsch! Und bitte, wenn des net oraundsch is, dann verlang ma erstens des Geld, des gar net unseres is, von der Agentur zruck – und zweitens bist du dann der Strache! Ha!
Haider: Dos is ja recht guat und schön. Oba nix gegen mi mit der Bleiburger Ortstafel auf der Schulter und an depperten Grinser im Gsicht wie beim Bieranstich am Aschermittwoch! Also, wer is da der Lustige?
Haubner: Und dass mei vollkommen sinnloser Slogan „Zukunft soziales Österreich" nix mit „Bündnis Zukunft Österreich" zu tuan hat? Des soll ka Brüller sein?
Haider: Pfah! Vielleicht grad no für an Slowenen. Oba sunst...
Haubner: Und für den ganzen Schas hab i 4,2 Millionen Euro verputzt! I lach mi kropfert!

Haider: Und i bitte? 14 Verfassungsrichter, 167 Abgeordnete, de net zu unserer Spaßfraktion ghören, und ungefähr 7,9 Millionen Österreicher verarscht! Sei mir net bös, aber gegen meine Zahlen bist du a Lehrling.
Haubner: Irgendwie bin i ja froh, dass ma beide in der Politik san. Stell dir vor, wir würden des alles privat veranstalten.
Haider: Net zum Ausdenken!
Haubner: Aber lustiger bin trotzdem immer no i!
Haider: Wennst jetzt net glei aufhörst, sag i's der Mama!

Name-Dropping 20. 2. 2006

Die ÖVP hat wirklich Pech mit ihrer wohlgeplanten Elite-Uni. Zuerst gingen ihr die Wissenschaftler abhanden und nun auch noch der Name.

Schüssel: Wenn wir's einfach Harvard oder Oxford nennen täten, hätt ma wenigstens die Chance, dass a paar Wissenschaftler irrtümlich nach Gugging kommen.
Gehrer: Wissenschaftler! Pah! Vo mir aus können de sowieso bleiben, wo der Pfeffer wachst.
Pröll: Pfeffer! The Toni-Pfeffer-Institute – TOPFI. Klingt do super.
Schüssel: Toni Pfeffer? Seit wann is der a Wissenschaftler? Der war a Durchschnittskicker.
Pröll: Aber immerhin a Niederösterreicher.
Gehrer: Da könnt ma genauso gut die Dorfmeischter nehmen.
Pröll: Study Organisation Dorfmeister Michaela – SODOMI. Also, wenn des net fahrt!
Schüssel: Geh bitte! Wir können do keinen Sportler nehmen. De Leut wern uns auslachen!
Pröll: Hast du leicht den Eindruck, dass sie des no net tuan?

Gehrer: Was wär mit dem Dings, dem... wie heißt der Kerl, der damals auf dem oanen Schilling-Schein drauf war?
Pröll: Ferdinand Raimund. Hat immer in Niederösterreich Urlaub gmacht. The Ferdinand-Raimund-University-Studies – FRUST! Na?
Gehrer: I moan aber den anderen...
Pröll: Den Karl Ritter von Ghega? Der hat die Semmering-Bahn baut – ohne Tunnel! The Karl Ritter...
Schüssel: So wird des nix mit dem Namen. Wir brauchen an Plan!
Gehrer: Jetzt bin i seit zehn Jahr Minischterin. I hab no nie an Plan braucht.
Schüssel: Vielleicht hätt ma do nach Wien gehen sollen mit der Uni. Da wär alles viel leichter.
Pröll: I spür da jetzt grad so eine namenlose Wut...

Sportsfreunde 27. 2. 2006

Alfred Gusenbauer sitzt vor dem Fernseher und schaut sich eine Olympiaübertragung an

Gusenbauer: Bitte! Na. Des gibt's ja net. Do issa scho wieder! Und er wachelt mit der Fahne!! Schwarzfunk! Skandal! Doooorli!
Bures: Was is denn scho wieder, Scheißi?
Gusenbauer: Net sag Scheißi zu mir, während i in der Kanzlerfrag grad a paar Prozent verlier! Warum is der Schüssel bei Olympia und i net?
Bures: Weil dir de Skidodeln am Arsch vorbeigehen. Deine Worte.
Gusenbauer: Und jetzt auf einmal nimmt ma meine Worte ernst? Wann des Fernsehen live übertragt? In Schladming hab i ma a zwa Zechn abgfroren zwischen de ganzen angsoffenen Ötzis.
Bures: Jö, schau. Der Raich hat Bestzeit!
Gusenbauer: Jö? Du findst, des is Jö? Des is net Jö. Weil des is nämlich Aaaaaargh!! Jetzt wird er sicher glei zu eam hinkräuln und an auf stolzer Landesvater machen.
Bures: Reg di net so auf. Mir finden irgend a andere Sportgeschicht. Was is mit der Fuaßball-WM?

Gusenbauer: Und was sollt i durt machen? Ballschani mit an „Wählt mich"-T-Shirt?
Bures: Dieses Beachvolleyball in Klagenfurt kommt doch immer so guat an, oder?
Gusenbauer: Wenn i dort hingeh, freut si der Haider, weil dann pfeifens wenigstens net nur eam aus.
Bures: Dann vielleicht Golf?
Gusenbauer: Damit hat der Vranitzky a scho super Erfahrungen gmacht.
Bures: Sonst fallt ma nix ein.
Gusenbauer: Der Satz wird amoi auf dein Grabstein stehen.
Bures: Hamma a gscheite Curling-Mannschaft?
Gusenbauer: Da! I hab's gwusst! Is scho bei eam a. Und jetzt umarmt er eam a no! Schwarzfunk! Skandal!!

Kärntner Komiker 6. 3. 2006

Dass die Chianti-Koalition zwischen BZÖ und SPÖ ausgerechnet am Faschingsdienstag platzte, kann im urlustigen Kärnten kein Zufall sein

Haider: ...und bei den schiachen Kärntner Roten – geht's zu wie bei den Hottentotten! Denn schließlich heißt das Credo Schaunigs – siech nix, hör nix und i kaun nix! Strutz! Jetzt den Tusch!
Strutz: Ta-Ta! Ta-Ta!
Schaunig: Wissen Sie eigentlich, was der Unterschied zwischen dem Jörg Haider und dem liaben Gott is? Der liabe Gott glaubt nit, er is da Haider!
Haider: Sie wirkt, als wär sie stets im Koma – diese frustrierte Primadonna! Besser als sie im Amte wär – ein bsoffner Karawankenbär! Strutz!
Strutz: Ta-Ta! Ta-Ta!
Schaunig: Und wissen Sie, was der Unterschied zwischen dem Jörg Haider und ana Batterie is? Die Batterie hat auch a positive Seitn!
Haider: Nur gegen Jörg is dos Programm – von dera sauberen Madame. Sie macht da ganz gemeinsam Sache – mit dem geklonten H.C. Str...
Strutz: Ta-Ta! Ta-Ta!

Haider: ...ache!
Strutz: Öha.
Schaunig: Und wissen Sie a, was der Unterschied zwischen dem Jörg Haider und einem Telefon is? Dos Telefon hängt ma auf, waun ma si verwählt hat!
Strutz: Ta-Ta! Ta-Ta!
Haider: Strutz, du bist a Quell steter Freude.
Schaunig: Weißt was, Jörg? I glaub, mir kumman nit zsamm. Mir ham da do große sachpolitische Differenzen. I geh jetzt.
Haider: Des schaut euch wieder ähnlich. Ihr denkt's nur an euer Partei, i hingegen an a konstruktive Zusammenarbeit zum Wohl des Landes!
Strutz: Ta-Ta! Ta-Ta!
Haider: Manchmal bin i nur no müde.

Stalking 13. 3. 2006

Die mittlerweile aus der FPÖ ausgetretene Helene Partik-Pablé behauptet, ein Opfer des Telefonterrors von H.C. Strache geworden zu sein.

Partik-Pablé: Wer spricht?
Strache: Mein Namä tut nichts zur Sachä, Bäby. Sag mir, ob du das blauä Gäwand trägst oder das orandschänä!
Partik-Pablé: Jörg, i hab jetzt ka Zeit für deine erotischen Rollenspiele. I sitz da grad in ana verkehrsberuhigten Sackgassn in Fünfhaus und zähl die Ausländer, die bei Rot über die Kreuzung gehen.
Strache: Aha! Sähr intärässant!
Partik-Pablé: Jörg? I versteh di so schlecht. Stehst du hinter ana Ortstafel?
Strache: I hoffä, du weißt von sälbär, wo du unterschreibn muaßt, Hälänä. Wägn unsärär Akadämieförдärung, gäll!
Partik-Pablé: Jössas, des is ja der andere!
Strache: Weil, wänn du das nämlich nät weißt – wir habän Mittäl und Wäge, dich daran zu erinnärn! Da könntest du blauä Wundär ärläbän! Blauä! Hähä! Wie ungäheuär doppäldeutig!

Partik-Pablé: Ah so? Welche denn leicht?
Strache: Wir könntän dich verklagän!
Partik-Pablé: Heast, i wär als Staatsanwältin sogar dem Landesgericht Bagdad zu hart. Und du glaubst, du kannst mi mit deiner Pipifax-Klage schrecken?
Strache: Wir könntän dich auch einfach aus unsärän Trinksprüchän bei dän Parteitagän streichän!
Partik-Pablé: I kann dir gar net sagen, wie unfassbar wurscht mir das is.
Strache: Wenn du uns gar keinä andärä Wahl mähr lässt, könnten wir dich natürlich auch zu einär Podiumsdiskussion mit Hilmar Kabas einladän!
Partik-Pablé: Oh mein Gott, der Druck is ja net auszuhalten! I unterschreib.

Wahl der Qual 20. 3. 2006

Möglicherweise tritt Karl-Heinz Grasser bei der Nationalratswahl mit einer eigenen Liste an. Das könnte spaßig werden.

Karl-Heinz: Fiona? Fiooooona! I find mei Capri-Badehosn für den Fototermin net. Weißt du, wo die is?
Fiona: Darling, die hamma doch für die „Licht ins Dunkel"-Versteigerung gespendet.
Karl-Heinz: Ah ja. Ungwaschen, damit sie mehr einbringt. Aber was zieh i jetzt an für dos Schwiegermütter-Killerplakat?
Fiona: Wie wär's mit Calvin Klein?
Karl-Heinz: Der Unterhosn?
Fiona: Aber nein, Honey – dem Parfum!
Karl-Heinz: Haha! Und dann bin i statt der Nackerten in der „Krone" und drunter steht: „Unser beliebter Finanzminister gibt sein letztes Hemd!" Wart amol, dos is eigentlich gar ka blede Idee.
Fiona: Und am Nachmittag hamma die Homestory mit der Wirtschaftsredakteurin von der „Neuen Post", gell?
Karl-Heinz: Die „Neue Post" hat a Wirtschaftsredakteurin?
Fiona: Hauswirtschaft. Wir kochen unser Lieblingsrezept für sie.

Karl-Heinz: Was is unser Lieblingsrezept?

Fiona: Austern, Zitronensaft drüber – fertig!

Karl-Heinz: Irgendwie bleibt bei diesen ganzen unpolitischen Terminen mein Programm auf der Strecke.

Fiona: Programm?

Karl-Heinz: Na, weißt eh. Weniger Steuern und so.

Fiona: Ah, das. Sowas heißt bei euch Programm?

Karl-Heinz: Man merkt, du kennst di in der Politik net aus.

Fiona: Eh nicht. Du und am Abend, gell? Cocktail beim Fabio. Die „Seitenblicke" kommen.

Heuschrecken 27. 3. 2006

Was für ein Glück, dass die SPÖ mit dem ÖGB und also auch mit den einträglichen Geschäften der Bawag nichts zu tun hat

Verzetnitsch: I versteh des ja alles net. Briefkastenfirmen, Steueroasen, Derivate und der ganze Schmarrn. Was zum Beispü is ein Termingeschäft?
Gusenbauer: Also, da gibt's Futures und Optionen und...
Verzetnitsch: Waaßt, was für mi a Termingschäft is? Wann i bei an Arbeitsessen mit dem Leitl aufs Klo muaß.
Gusenbauer: Und da sagen immer alle, du bist so lustig wie a Bandscheibenvorfall.
Verzetnitsch: Und a Bank, ja? Was brauchen mir überhaupt a Bank? Wann i a Bank wolltert, wär i Parkwächter worden.
Gusenbauer: Des is alles a Katastrophn.
Verzetnitsch: Oder a Ding kunnt ma a no werden, wann ma a Bank will. A Sandler.
Gusenbauer: Wie steh ma denn jetzt da, so wirtschaftskompetenzmäßig?
Verzetnitsch: Wie die ärgsten Heuschrecken-Kapitalisten. Furchtbar!

Gusenbauer: Naja, naa. Wir stehen eher da wie a paar gierige Volltrotteln, die gern Heuschrecken-Kapitalisten wären, oba eben leider z'deppert dafür san.
Verzetnitsch: Hmm. Mir brauchen dringend a Imätsch-kampagne. Wie wär's mit: „Alle Trader stehen still, wenn dein starker Arm es will"?
Gusenbauer: Und wer soll des wieder zahlen?
Verzetnitsch: Des is ka Problem. I hab da a Mail von an nigerianischen Prinzen kriegt..., a komplizierte Gschicht..., Hochfinanz..., gesperrte Gelder und so. Sichere 1000 Prozent Gewinn, stell dir vor!
Gusenbauer: Na super! Warum überweist dem Vogel net glei die Streikkassa?
Verzetnitsch: Hab i scho.

Rotlauf 3. 4. 2006

Bundeskanzler Schüssel wünscht seinem Kollegen Silvio Berlusconi vor der Italien-Wahl lautstark den Sieg – wegen der kommunistischen Gefahr. Ernsthaft.

Schüssel: In Frankreich?
Berlusconi: 'inter jede Baum eine!
Schüssel: In Spanien bitte?
Berlusconi: 'abe gekriegt eine auf die Maul von Generalissimo Franco und sinde immer noc frec!
Schüssel: Ja, und die Neuen alle, was? Die Polen? Die Tschechen?
Berlusconi: Dort iste sogar eine Recte eine rote Stronzo! Und 'ast du gewusste, dass Kommuniste in China 'abe gekoct Kinder?
Schüssel: Nein, wirklich! Also, dass Ratzen in dem Essen drin sind, na gut, aber das ... Das macht es noch viel erschreckender, dass sie bei uns schon in der Steiermark stehen.
Berlusconi: Du liebe Gott! Mite wie viele Divisione?
Schüssel: Mit sechs Prozent!
Berlusconi: Das iste genauso schlimme. Sinde wie Filzläuse. Wenn man einmal 'at secs Prosente, bald man 'at Diktatur von Proletariate und nict von sum Beispiele mir.

Schüssel: Also mir ist ja Italien und Europa zu wichtig, um es von der Unterstützung der Kommunisten abhängen zu lassen. Darum: Alles Gute, lieber Silvio!

Berlusconi: Grazie! Tausende Grazie! Liebe Wolfgang, wie kann ic dir nur danke? Möctest du vielleicte 'abe eine Fernsehkanale?

Schüssel: Danke, Silvio, is lieb. Aber ich hab schon einen.

Berlusconi: Wir 'abe viel gemeinsame, meine Freund! Wenn du auc noc so gut aussehen würdest wie ic, wäre ic faste eifersüctig!

Schüssel: Geh! Wenn ich noch besser ausschauert, ja? Dann wär ich ja in Hollywood!

Berlusconi: 'ollywood? Alles Kommuniste!

Orangenkern

10. 4. 2006

Peter Westenthaler will also derzeit auch nicht BZÖ-Spitzenkandidat werden. Das muss der orangen Chefetage schwer zu denken geben.

Jörg: Soll er si halt brausen gehen, der Weana Prolo. Den tät sowieso kana wählen.
Haider: Er wär aber besser als gar niemand.
Jörg: Wir werden scho net gar niemand aufstellen.
Haider: Aber wenn uns net bald wer Gscheiter einfallt, der si des antuan will...
Jörg: Dann nehm ma halt den Gorbach.
Haider: Mhm. Und wo is da jetzt der Unterschied zu gar niemand?
Jörg: Ma, was muaß si die Gastinger a unbedingt anstreuen lassen vor der Wahl.
Haider: Amol Boxenluada, immer Boxenluada.
Jörg: Und was wär, wenn ma's selber macherten?
Haider: Wir? Spitzenkandidat? I weiß net... Zwei Seelen wohnen ach in meiner Brust!
Jörg: In deiner a? Dann hamma scho viere.
Haider: Einerseits wär damit natürlich a rauschender Erfolg gesichert, der Strache gedemütigt und Rot-Grün verhindert.

Jörg: Andererseits... vielleicht a net.

Haider: Wie, vielleicht a net? Was soll des heißen? Wir san schließlich immer no da Jörg Haider! Wir san des größte politische Talent seit Kreisky! Wir san...

Jörg: ...der Koffer, der Wolfgang Schüssel zum Kanzler gmacht hat, der dann Knittelfeld...

Haider: Du, i sag dir's – hör sofort auf damit.

Jörg: ...verbrochen hat, der die Schnapsidee mit dem BZÖ überhaupt ghabt hat und der... Au! Bist narrisch?

Haider: I hab di gewarnt. A Wort no und du fliagst auße.

Jörg: Wir san aber grad mitten in ana Landtagssitzung.

Haider: Aber irgendwann miaß ma aufs Klo.

Jörg: Feinde, wohin ma schaut.

Sanktionen 14. 4. 2006

Bundeskanzler Schüssel wird noch eine Weile brauchen, bis er die Niederlage seines „lieben Silvio" bei den italienischen Wahlen verdaut hat

Schüssel: Und ab jetzt bei den Sitzungen ka Prosciutto mehr, ka Parmesan und schon gar ka Mortadella.
Rauch-Kallat: Na geh, des is aber mei Lieblingskas. Und der is a so lustig, ma kann ihm mit Pinienkernen Augen machen und ihn dann mit dem Olivenmännchen raufen lassen und...
Schüssel: Du meinst Mozarella.
Rauch-Kallat: Ah ja! So a Glück!
Schüssel: Mozarella is natürlich a gstrichen.
Lopatka: Und muss i im Urlaub jetzt a nach Marbella fahren wie der schwindliche Gusenbauer oder derf i eh no nach Caorle?
Schüssel: Weder noch! Überall dort lauert die rote Gefahr! Fahr in die Lüneburger Heide.
Lopatka: Was is an der Lüneburger Heide interessant?
Schüssel: Keine Ahnung. Du wirst es uns nachher sagen. Oder bleib halt überhaupt daheim. Wer weiß, vielleicht kommt ja wieder a Hochwasser, dann brauch ma di eh zum besorgt schauen.

Khol: Meine Karten für heut am Abend für „Tosca"...?
Schüssel: Kannst zerreißen oder dem Cap geben. Is eh desselbe.
Bartenstein: Aber geh jetzt! Der Prodi is do eh net so schlimm.
Schüssel: Der Platz des Roten an sich is die Opposition. Am besten die außerparlamentarische. Ma soll die gottgewollte Ordnung net durchbrechen.
Khol: Dos stimmt schon. Aber der Berlusconi isch doch bittschön ein Verrückter!
Schüssel: Wer meine Freunde beschimpft, beschimpft mich, das weißt schon oder?
Khol: Äh... Schöne Haar hat er.
Bartenstein: Und ich geh jetzt meine Prada-Schuh weghauen.

Solidarität! 24. 4. 2006

Ein Beserlpark in Wien. Drei Pensionisten sitzen auf einer Parkbank, füttern Tauben und räsonnieren herum.

Verzetnitsch: Und wissts no, wie i damals...
Nürnberger: Naa. Nix wiss ma. Und damals hamma a nix gwusst. Weu du uns nämli nix gsagt hast, du Weh.
Sallmutter: Den Streikfonds für die Heuschrecken verpfänden! Also, i hätt eam ja...
Verzetnitsch: ...glei für deine windigen Immobiliengschäftln ausgräumt.
Nürnberger: Sagt ana, der zum Sozialtarif im Pänthaus im erschten Bezirk hockt.
Sallmutter: Ha! Genau, Rudl! Gib's eam!
Verzetnitsch: Seit wann seids ihr zwa so guate Freund?
Nürnberger: Der is net mei Freund. I hab überhaupt kane Freund net.
Verzetnitsch: Stimmt a wieder. Di hat no nie ana leiden können.
Sallmutter: Ha! Genau Fritzl! Gib's eam!
Nürnberger: Jetzt is er auf amoi dei Haberer! Oida, i pack euch olle zwa nimmer. Setzts euch gfälligts woanders hin. Des da war schon immer a Metaller-Bankl.

Verzetnitsch: Wer sagt des? Da steht drauf: „Gewidmet von der Bawag“. Und de hab immerhin i gerettet und net du mit deine Stahlschädeln.
Sallmutter: Wann i denk, dass i mit euch miesen Figuren solidarisch sein sollt... Da graust ja ana Sau.
Nürnberger: Du muaßt es ja wissen.
Verzetnitsch: Wissts, was des Beste dran war, dass i so lang der Vorsitzende gwesen bin? Dass es deswegen net ana von euch zwa Dodeln werden hat können.
Sallmutter: Wobei jetzt, wo ma in da Renten san... I maan, mir san do im Prinzip auf derselben Seitn. Sollt ma uns net wenigstens jetzt vertragen?
(Kurzes Schweigen. Dann:)
Alle drei: Nix da!

Wenn Nelken welken 28. 4. 2006

Am heurigen 1. Mai wird es auf der Bühne am Wiener Rathausplatz vielleicht doch etwas weniger ausgelassen zugehen als sonst

Häupl: Jetzt wink halt!
Gusenbauer: Heast, wann i no mehr wink, bin i a Propeller.
Häupl: Und lach gfälligst!
Gusenbauer: Michl, i bin's. Der Vorsitzende der SPÖ. Was genau hab i grad zum Lachen?
Häupl: Es is der Tag der Arbeit und des Fernsehen is da.
Gusenbauer: Wui!
Häupl: Probier ma's anders... Kennst den scho? Kummt ana in a Bawag-Filiale und sagt: Guten Tag, ich bin Neukunde. Na? Is der guat oder is der guat?
Gusenbauer: Glei brich i nieder.
Häupl: Den hat ma da Hundsti derzählt. Kumm, lach a bissl.
Gusenbauer: Wenn's im Moment irgendwen gibt, der no weniger Grund zum Lachen hat wia i, dann is des der Hundsti.
Häupl: Na, dem geht's scho besser. I hab eam garantiert, dass seine Gemeindebediensteten no in zwanzg Jahr

den unterprivilegierten Rest der werktätigen Massen auslachen können.

Gusenbauer: Da in der erschten Reih steht ana, der schaut aus wie der Elsner.

Häupl: Geh! Der ist do austreten. Und außerdem wahrscheinlich grad beim Putten am 17. Loch in Nizza.

Gusenbauer: Und der daneben – i könnt schwören, des is der Flöttl junior.

Häupl: Des kann do net... Ah ja! Was glauben denn de, heast! Glei schlatz i oba!

Gusenbauer: Net! Dann triffst de Bau/Holzer und de ham no nie an Spaß verstanden.

Häupl: Wart, jetzt halt er a Transparent in die Höh. Was steht da drauf?

Gusenbauer: „Lieber im Penthaus Geld zählen – als rot in Rudolfsheim wählen". Was sagt ma dazua?

Häupl: Hör auf zum Winken.

Traumhaft 8. 5. 2006

Drei Uhr früh. Ein Wiener Arzt wird durch das Klingeln seines Telefons aus dem Schlaf gerissen.

Arzt: Hallo? Wissen Sie, wie spät es ist? Sie haben hoffentlich einen wirklich guten Grund, um diese Zeit anzurufen. Wer spricht überhaupt?
Patient: I bin's. Und i hab an wirklich guten Grund.
Arzt: Oh. Sie. Haben Sie wieder geträumt?
Patient: Ja. Es war furchtbar.
Arzt: Beruhigen Sie sich erst einmal. Es war ja nur ein Traum. Sind Sie wieder über den Ballhausplatz gegangen und währenddessen drauf gekommen, dass Sie unten ohne sind?
Patient: Nein, diesmal nicht.
Arzt: Haben Sie in der Öffentlichkeit einen Bordeaux mit einem Barolo verwechselt?
Patient: Geh! Sowas passiert ma net amoi im Traum.
Arzt: Aha. Dann war's wahrscheinlich wieder die Geschichte mit der Damenwahl beim Pensionistenverbandskränzchen und diese 96-Jährige schnappt sich statt Ihnen lieber den Gummibaum daneben?
Patient: Naa, es war so: De Leut ham endlich nimmer glei an Lachkrampf kriagt, wenn i gsagt hab, i werd

die Nummer eins und es hat alles super ausgschaut und dann geht auf amoi aus heiterem Himmel die Bawag krachen, den Verzetnitsch Fritzl haun s' fristlos ausse, die Regierung übernimmt a Staatshaftung und dann gengan da Schüssel und da Grasser und a paar von den andern Schrumpfköpf a no hin und eröffnen Sparbüchln und grinsen in die Kameras wie die Hutschpferd und i bin wieder der Trottel, obwohl i diesmal überhaupt nix dafür kann... Brrr! Aber Sie ham ja Recht, es war schließlich nur a Traum.

Arzt: Äh... Steht das Valium eigentlich gerade in Ihrer Nähe?

Proboj/Proboj 15. 5. 2006

Die neue Kärntner Ortstafelverordnung von Kanzler Schüssel trifft die ehrenwerten Mitglieder von Heimatdienst und Abwehrkämpferbund natürlich tief ins deutsche Mark.

Heimatdienstler: Vadommt! Dolintschitschach wolln se uns a entreißn, de Falottn!
Abwehrkämpfer: Nit sog dos! Ausgrechnet Dolintschitschach?
Heimatdienstler: Wohl. „Dolincice“ valongt da Slawe.
Abwehrkämpfer: An so an scheenan deitschen Nomen a so vahunzn. Hunzviecha san dos in Wean, reidige Hunzviecha.
Heimatdienstler: Und mir Drottln hom imma geglaubt, da Schüssl tuat dos dem Jörgl nit on. Ondaraseits: Wos hot da Schüssl dem Jörgl eigentlich no nit ongetaun?
Abwehrkämpfer: Mir Deitschkantna san dos letzte in dem Stoot. Mir kumman lei no noch de Nega.
Heimatdienstler: Genau. Da san amol de Hottndottn und nocha is long nix und nocha kumman de Dolintschitschocha.
Abwehrkämpfer: Dazwischen san vielleicht a no de Deserteure. Oba de san jedenfolls a no vor uns.

Heimatdienstler: Jessasmarandjosef! Waaßt, wos do steht? Ma, dos is jo dos ärgste. De orman Hund, he.
Abwehrkämpfer: Wölche orman Hund?
Heimatdienstler: De Komarodn in Proboj!
Abwehrkämpfer: Wos is mit de Komarodn in Proboj?
Heimatdienstler: De solln a a zwasprochige Ortstofl kriagn.
Abwehrkämpfer: Nit amol vor Proboj schrecken se zuruck? Wos is denn nur mit dera Wöld passiert!
Heimatdienstler: Waaßt du, wia Proboj auf slowenisch haaßen soll?
Abwehrkämpfer: Sog scho. I bin auf olles gefosst.
Heimatdienstler: Proboj.
Abwehrkämpfer: Dos is Kriag.

TV total 22. 5. 2006

Armin Wolfs „Brandrede" für einen politisch unabhängigen ORF sorgte natürlich auch in der Chefredaktionssitzung für helle Begeisterung.

Molterer: Also, i weiß net, wie's euch geht, aber ich als verantwortungsvoller Medienpolitiker kann da net länger zuaschaun.
Schüssel: Wir sind es den Leuten schuldig, da einzugreifen. Die ham für ihre Gebühren ein Recht drauf, was Gscheites zu sehen.
Lindner: Hört, hört! Sehr richtig. Messerscharf analysiert!
Molterer: I mein, zerscht will er auf seine blöden Fragen immer a Antwort a no und jetzt des. Was glaubt denn der, wer er is?
Schüssel: Und vor allem, wo er is? In einem Land vor unserer Zeit?
Lindner: Ha! Haha! Land vor unserer Zeit! Köstlich!
Molterer: Also, was mach ma mit ihm? Sportredaktion? Als Experte für Minigolf und Eisstockschießen?
Schüssel: Na. I mag Eisstockschießen. Des is irgendwie so patriotisch.
Lindner: Stimmt! Wo du Recht hast, hast du Recht. Und eigentlich hast du ja sowieso immer Recht.

Molterer: Na dann verräumen wir ihn doch zu „Confetti-Tivi". Dort wär er dann der Wolf-Rüdiger.

Schüssel: Mir wär eigentlich no lieber, er putzt bei „Frisch gekocht" die Karotten. Mit an Buschmesser. Und hinter die Kulissen. Mehr so als Reiß-Wolf.

Lindner: Bravo! Bravissimo! Glänzende Idee!

Molterer: Und wenn wer fragt, warum er weg is?

Schüssel: Es geht zwar niemand was an, was wir mit unserm Eigentum machen, aber dann war's halt a Programmsicherungsreform.

Lindner: Genial! Unübertrefflich! Mein Held! Du, könnt i bitte a Autogramm ham?

Schüssel: Gern. Wohin?

Lindner: Auf mein neuen Dienstvertrag?

Déjà vu 22. 5. 2006

In unserer Reihe nie geführter Exklusivinterviews diesmal zu Gast: der lange schmerzlich vermisste Politheimkehrer Peter Westenthaler

profil: Herr Westenthaler, Sie waren vor Ihrer jetzigen Rückkehr in die Politik für „spezielle Projekte bei Magna Entertainment“ tätig. Was kann man sich darunter vorstellen?

Westenthaler: So wie Sie beinander sind, glauben Sie wahrscheinlich, ich hab mir eine rote Nase aufgesetzt und in der Kantine schweinische Witze erzählt.

profil: Also nein, so weit würde ich nicht gehen.

Westenthaler: Ha! War aber so!

profil: Das hätte ich nicht einmal Ihnen zugetraut.

Westenthaler: Weil Sie offenbar von nichts eine Ahnung haben. Das ist jetzt schon ein bisserl schwach für einen Journalisten. Wenn Sie beim ORF wären, würde ich jetzt anrufen und Sie könnten sich in zehn Minuten Ihre Unterlagen im Personalbüro abholen.

profil: Das ist doch eher das Hobby von Willi Molterer, oder?

Westenthaler: Ich hab schon dreimal am Tag im ORF interveniert, da hat der Herr Molterer noch nicht einmal die Klappe vom Mück gewusst.
profil: Der Redakteursrat hat einmal einen Anruf von Ihnen veröffentlicht, wo Sie, weil Ihnen eine Diskussionssendung nicht gepasst hat, gedroht haben: „Dann gibt es Stunk!"
Westenthaler: Sie wissen genau, dass das ein Missverständnis war und ich in Wirklichkeit gesagt habe: „Dann kommt die Trunk!" Und wenn Sie pinkspinker Schimanski mich jetzt noch länger mit diesem Rist sektieren, dann werden Sie mich flennenlernen.
profil: Äh...
Westenthaler: Nix äh! Sie werden da nicht in Rüben pischen.
profil: Das bringt mich jetzt zu einem weiteren bekannten Zitat von Ihnen. Sie haben einmal gesagt: „Der Busek pinkelt immer die FPÖ an. Am Anfang haben wir gesagt, gut, wir schlucken das."
Westenthaler: Sehen Sie, darum bin ich früher so gut mit dem Andreas Khol ausgekommen. Uns beiden sind pointierte Formulierungen in die Wiege gelegt worden.
profil: Wie ist denn Ihr Verhältnis zu Khol jetzt?
Westenthaler: Immer noch gut. Manchmal helf ich ihm in seinem Schrebergarten, Jauche versprühen und so.

profil: Da ist ja praktisch wie früher.

Westenthaler: Ja. Und die Erdbeeren wachsen wie blöd. Aber hören Sie: Reden wir jetzt vielleicht irgendwann über unser Wahlprogramm? Wofür das BZÖ steht?

profil: Gut. Reden wir darüber, wofür das BZÖ steht.

Westenhaler: ...

profil: ...

Westenthaler: Fallen Ihnen leicht keine Fragen mehr ein? Was sind Sie eigentlich für ein Journalist? Wenn Sie beim ORF wären, würde ich jetzt...

profil: Und dabei hat Frank Stronach, als Sie bei ihm angefangen haben, über sie gesagt: „Er ist jetzt mehr kultiviert."

Westenthaler: Der Frank versteht ja von vielen Sachen was.

profil: Tatsächlich?

Westenthaler: Ja. Davon nicht.

profil: Warum tun Sie es sich überhaupt an, eine Partei in eine Wahl zu führen, die in den Umfragen bei zwei Prozent liegt?

Westenthaler: Meine Nebenhöhlen.

profil: Ihre Nebenhöhlen?

Westenthaler: Die sind dauernd verstopft, wenn ich diese rote Nase aufsetze. Das ist extrem unangenehm.

profil: Verstehe. Aber wäre es rückblickend betrachtet nicht besser gewesen, Sie hätten vor vier Jahren nicht den Hut genommen und Adieu gesagt sondern wären gleich bei Jörg Haider geblieben?
Westenthaler: Damals habe ich ja noch geglaubt, ich finde nach meinem Rücktritt einen richtigen Job.
profil: So wie Karl-Heinz Grasser.
Westenthaler: Einen richtigen Job habe ich gesagt. Hören Sie mir eigentlich zu?
profil: Warum sollte man Sie jetzt eigentlich wählen? Was haben Sie, was Heinz-Christian Strache nicht hat?
Westenthaler: Matura.
profil: Oder Hans-Peter Martin, der ja vielleicht im selben Wählersegment wildern wird?
Westenthaler: Wenn mich jemand fragt, wie es mir heute geht, dann meistens nicht wegen einer Diagnose.
profil: Ihre Sympathiewerte waren aber immer katastrophal, als Sie noch FPÖ-Generalsekretär waren.
Westenthaler: Mit solchen Werten werden andere Bundeskanzler.
Profil: Stimmt auch wieder.
Westenthaler: Wollen wir vielleicht noch einmal darüber sprechen, wofür das BZÖ steht oder da nur sinnlos heiße Luft verbreiten?
profil: Bitte. Nur zu.

Westenthaler: ...
profil: Verstehe. Aha.
Westenthaler: Glei fallts mir wieder ein.
profil: Macht nichts, der Wahlkampf dauert ja noch länger.
Westenthaler: Zu lang aber hoffentlich auch nicht, sonst muss der Jörg zur Finanzierung ein paar Hektar Wald im Bärental flachlegen.
profil: Was ist denn Ihr Wahlziel?
Westenthaler: Da möchte ich mich nicht festlegen. Nur soviel: Wenn wir Siebente werden, gehen wir in Opposition.
profil: Und was werden Sie machen, wenn das BZÖ gar nicht ins Parlament kommt?
Westenthaler: Dann werde ich Journalist. Weil das, was Sie da abliefern, kann ich schon lang.

Verzichtbar 29. 5. 2006

Nach dem BZÖ verzichtet nun klarerweise auch die FPÖ auf die 2,3-prozentige Inflationsanpassung der Politikergehälter. Nur weiter so!

Westenthaler: Und ich verzichte auf meine Pension vom Frank und das Rückkehrrecht zu ihm!
Strache: Es hat do gheißen, dos hast du sowieso net.
Westenthaler: Gut, dann ... dann ... dann verzicht i drauf, dass er mir den Mohr im Hemd zahlt, wenn ma auf an Kaffee gehen.
Strache: Dos is eine wirklich beschämende Anbiederung an die Wähler – im Gegensatz zu meiner: I werd nämlich in Zukunft drauf verzichten, dass die Scheide von mein Säbel mit von chinesischen Kinderhänden gehämmertem Blattgold überzogen is. Von mir aus kann dos auch a erwachsener Chineser machen.
Westenthaler: Na, da haut's mi oba vielleicht am Scheißer! Pass auf amoi, du Amateur: I verzicht auf den Rabatt, den i in meiner Videothek für jedes Mal Ausborgen von an Schauglod-van-Damme-Film kriag, und spend de Marie der osteoporösen Gemeinschaft. Ha!

Strache: Und i verzicht auf meine Vortragshonorare bei der deutsch-deutschen Gesellschaft und kauf dafür neue Stöck für unsere Kriegsblinden!
Westenthaler: I verwend ka Deo mehr!
Strache: Und i ka Klopapier!
Westenthaler: Nie wieder Wimmerln ausdrucken!
Strache: Und nie wieder Bikinizone harzen!
Westenthaler: Was?
Strache: Uups.
Westenthaler: Und eins no: I verzichte drauf, auch nur eine einzige vernünftige Idee zu haben. Werden alle gspendet!
Strache: Tschapperl! Dos mach i do scho lang!
Westenthaler: Verdammt. Er is a härterer Gegner, als i glaubt hab.

Tauschbörse 2. 6. 2006

Man würde ja gar nicht glauben, wer aller Sammelalben mit den Panini-WM-Bildern hat ...

Schüssel: Himmelfixnochamoi, jetzt gib mir halt den Gilles Yapi Yapo – dann hab i die Elfenbeinküste komplett!
Gusenbauer: Hast ghört, Sascha? Dem Kanzler fehlt a Schwarzer.
Van der Bellen: Da schau her! Des is ja fast wie momentan im ORF-Stiftungsrat.
Strache: I hab ja alle Seiten mit Neger außegrissen. Und dann alle mit Mohammedaner. Dann de Jugos, de Polacken, de Gschlitzten ... Eigentlich hab i nur mehr die Schweiz drin. Und i hab an doppelten Johann Vogel.
Gusenbauer: Pfauh! Der hat sogar scho an Vornamen?
Strache: Wenn des jetzt a böser Witz war, dann ..., dann ..., dann hab i eam net verstanden.
Schüssel: Was willst jetzt für dein Yapi Yapo?
Gusenbauer: Den Finanzminister, den Außenminister, Soziales sowieso ... und, ah ja: dein fesches Autokennzeichen.
Schüssel: Träum weiter.

Gusenbauer: I hab ja des Gfühl, dieser Yapi Yapo wird überhaupt der Überraschungsstar bei der WM.
Van der Bellen: I brauchert einen Volodymyr Yezerskyi. Aus der Ukraine.
Westenthaler: Am Arbeiterstrich in Fünfhaus finden S' sicher an.
Van der Bellen: Jessas. Zuerst der Pat und jetzt der Patachon auch no.
Strache: Aha. Wo spielen die?
Schüssel: Yapi Yaapooo! Biiitte! I bin scho so verzweifelt, i könnt glatt an Achtjährigen in der Trafik niederhauen, weil der eam grad derwischt hat.
Gusenbauer: Des hätt was.
Van der Bellen: Irgendwer würd's scho sehen.
Gusenbauer: Mir würd no besser gfallen, wennst eam die Bawag-Sparbuch um die Ohren haust.
Strache: Aaargh! Bei die Schweizer haaßt ana Hakan Yakin!

Atypisch Beschäftigte 12. 6. 2006

Die Finanzlage des ÖGB wird langsam so prekär, dass die Erschließung neuer Einnahmequellen dringend geboten ist

Rauch-Kallat: Na geh, naaa! Wuäääh, des is ja bitte ur-grauslich!
Schüssel: Was hast denn, Mitzi?
Rauch-Kallat: Der Hundstorfer wollt mir grad seinen Körper verkaufen.
Molterer: Schlag zua! De Gewerkschafter san im Moment als Organersatzteillager total billig. I hab ma die Nieren vom Katzian gsichert. Ma weiß ja nie.
Rauch-Kallat: Na, so hat er des net gmeint. Er hat gsagt, für zwa Hunderter kann i a Stund lang mit eam machen, was i will. Und wenn i drauf steh, dann tät er auch maso sein.
Schüssel: Und? Stehst drauf?
Molterer: Wer würd da bei an Roten net drauf stehen? Sie soll ihn halt einfach a Stund lang fest birnen.
Schüssel: Geh! Seit wann steigen wir auf den politischen Gegner drauf, wenn er grad am Boden liegt? .... Aber Mitzi? Du könntest ihn zum Beispiel auch an der Hundeleine rund ums Parlament führen.

Molterer: Und ihn schreien lassen: „Ja, ich gestehe: Die SPÖ kann nicht wirtschaften!" Dafür san zwa Hunderter net überhalten.
Schüssel: Und i geh vielleicht hint nach und wachel mit mein Bawag-Sparbuch.
Rauch-Kallat: Des hast no?
Schüssel: San eh nur mehr fünf Euro drauf. I mein, ma hat ja Ausgaben auch.
Molterer: Und wenn dir gar nix anders mehr einfallt, Mitzi, dann lass eam halt des Klo putzen. Die Benita hat jetzt den Foglar als Zugehmann und sie is sehr zufrieden.
Schüssel: Doch hoffentlich mit Dienstleistungsscheck?
Molterer: Na. Schwarz.
Schüssel: Typisch ÖGB. Wasser predigen, Wein trinken.

Der Schnüffler 12. 6. 2006

Mike Hammer war gestern. Die FPÖ, die gern Jörg Haider privat kennenlernen möchte, ist heute.

HC trat aus der Tür, die seine Partei von der verdorbenen Welt da draußen trennte, warf einen prüfenden Blick auf den prächtigen Herzkirschenhintern der eben mit ihrer himmelschreienden Lächerlichkeit von Ehemann vorbeiwogenden Blonden und sog mit einem dieser zischenden Hochgeschwindigkeitszüge, die einst schon seinem Sitznachbarn im Zahntechnikerkurs „Amalgam für alle, Teil 1“ nadelspitze Graupelschauer über den Rücken getrieben hatten, die feinstaubschwangere Frühabendluft der Stadt, die ihn so sehr liebte, in seine kräftigen Lungen, die nach all den Ausländerdebatten, deren Zahllosigkeit nur noch von ihrer Fruchtlosigkeit in den Schatten gestellt wurde, nunmehr denen eines Araberhengstes glichen.

Er tat dies nicht zuletzt auch, weil ihm plötzlich mit der Hitze von tausend Grillfeuern, über denen sich Hammelkeulen drehten, durch den Kopf geschossen war, dass er schon länger nicht mehr eingeatmet hatte.

„Charly“, dachte er dann lautlos. „Verdammt noch mal, Charly.“ Gestern hatten sie Charly, den alle, die ihn besser kannten, nur Klement nannten, erwischt, unten, im Süden.

Es war HC natürlich schon vorher klar gewesen, dass es für Charly keine einfache Sache werden würde. Den Alten in seinem eigenen Revier zu kriegen war nicht gerade ein Honiglecken auf einem Kindergeburtstag. Daran waren auch schon Typen gescheitert, die mehr Grips hatten als die räudige Kanalratte, die sich eben im Rinnstein neben dem Absatz von HCs echten Kunstlederstiefeln am weggeschossenen Zeigefinger eines fetten Schutzgeldeintreibers der Chinesenmafia – oder war es doch nur ein Chicken McNugget? – zu schaffen machte und die ihn von der Seite ein wenig an den guten, alten Charly erinnerte.

Er hatte Charly auch noch geraten: „Nimm die Zwölfschüssige mit, Bruder. Oder wenigstens die Neunschwänzige. Du bewegst dich dort unten auf diesem dünnen, kalten, weißen Zeug, von dem mir gerade nicht einfällt, wie es heißt."

Charly hatte nur gelacht. Dieses seltsame, schrille Lachen, das er immer dann auf die Trommelfelle der anderen blauen Jungs abfeuerte, wenn er nicht lange über etwas nachdenken wollte, das er sowieso nie kapieren würde. Charly lachte verdammt oft.

„Vielleicht“, dachte HC geschmeidig, „vielleicht hätte ich die Sache im Süden doch selbst in die Hand nehmen sollen.“ Übellaunig kickte er mit einem kurzen, harten Stoß seines rechten Spielbeines eine Bierdose weg, ohne dabei die Hand des Obdachlosen, in der sie sich befand, besonders schwer zu verletzen. Schließlich war er der Chef. Er war der beste Schnüffler in der Truppe, er hatte alles, was er konnte, noch vom Alten selbst gelernt. Dass der Alte jetzt am anderen Ufer stand, hinter einem Ozean von vor sich hinfaulendem Müll, der langsam immer höher stieg – wer hätte das ahnen können, damals, als die Welt noch runder war und man den Kopf auf der Suche nach dem Feind immer nur in eine Richtung drehen musste.

HC lächelte sein zartbitteres Lächeln, das die Kriegsblinden so schätzten. Man müsste den Alten auf frischer Tat erwischen, klar. Aber der Alte war schlau. Mal sah man ihn hier, mal tauchte er da auf, keiner wusste, wann und wo er das nächste Mal zuschlagen würde. Aber jeder wusste, dass er wieder zuschlagen würde, der Alte war ein Jäger, ein Getriebener, ein Kind der pechschwarzen Nacht, durch die er vorsichtig wie ein verletztes Tier schlich. Niemand, der das besser wusste, als HC.

Er schlug den Mantelkragen hoch und spürte, wie der Stahl der Klinge an seiner Seite die Wunde vom letzten Biermops kühlte. Andere wären mit so was nie wieder aufgestanden und auch Charly hatte noch gemeint: „Sieht böse aus. Das sollte sich ein Arzt ansehen. Aus so einem blauen Fleck wird leicht ein noch größerer blauer Fleck."

Charly. Verdammt noch mal, Charly!

HC war lange genug in diesem zum Himmel stinkenden Geschäft. Natürlich wusste er, dass so etwas passieren konnte. Es konnte immer was schief gehen, manchmal wurde man eben bei einer Observation erwischt. Man konnte auch von einem Schwarzen, in dessen Lieblingsbeichtstuhl man unerkannt auf der Pfarrerseite saß, einiges zu hören bekommen. Man konnte sogar von einem dieser pazifistischen grünen Frauenversteher, in dessen zum Kotzen reizender Biotonne man nach einer Batterie suchte, eine gescheuert kriegen.

Aber das war alles längst nicht so schlimm, wie ausgerechnet beim Alten zu versagen.

Sie würden jetzt eine Zeitlang zum Gespött der Gosse werden. Damit musste die Truppe wohl oder übel leben. Aber sie würde daran wachsen, davon war HC überzeugt.

Er runzelte die Stirn und wandte seinen Blick Richtung Osten, wo hinter dem Rauch der Raffinerie bald das gesetzlose Niemandsland begann, im dem die Hunde Messer trugen. Mit einem Mal wurde ihm wieder bewusst, warum er das alles tat. Die braven Bürger schliefen längst an den warmen, weichen Brüsten ihrer Frauen. Nur HC war noch auf der Straße. Es war ein dreckiger Job. Aber irgend jemand musste ihn machen.

Volle Deckung 19. 6. 2006

Seit man in der SPÖ durch den ÖGB weiß, dass man nicht in Sitzungen sein und schon gar nichts unterschreiben sollte, ist das Leben nicht unbedingt einfacher geworden.

Gusenbauer: Na, i unterschreib des net. Sonst geht's mir irgendwann wie dem Rudi und i hab eigentlich do alles gwusst.
Bures: Oba geh, du Tschapperl. Des is ja nur die Geburtstagskartn für den Blecha Charly.
Gusenbauer: Und Jahre später kummt dann wer drauf, es waren net 73 Jahr sondern 73 Mille und i muaß als Bundeskanzler zrucktreten. Danke, ohne mi. I ruaf eam an.
Bures: Wennst glaubst. Du Rudi? In der letzten Sitzung...
Hundstorfer: In der war i bitte nur in Vertretung. I hätt des net verhindern können, net amoi, wenn i verstanden hätt, um was es geht.
Bures: Wir ham beschlossen, dass du Spitzenkandidat in Wien wirst, weißt no?
Hundstorfer: Schau ma amoi, was im Protokoll steht.

Häupl: Jetzt seids net alle so halbert. Z'Tod gfürcht is a gstorben.
Bures: Da fallt mir ein, von dir brauch in no de Haftungserklärung von der Wiener Landespartei für die Wahlkampfkredite.
Häupl: Was? Schau i aus wie der Verzetnitsch? Nana, i lass mir da sicher nix umhängen. Außerdem: Wer gibt uns no an Kredit?
Gusenbauer: Unser Bonität is erstklassig. Jeder weiß, dass wir mit der Bawag nix z'tuan ham.
Hundstorfer: Vor allem i net.
Häupl: Wann i den Elsner des nächste Mal am Kohlmarkt siech, dann fehlt eam a Einser, des gib i euch schriftlich.
Hundstorfer: Des hab i jetzt net ghört.
Gusenbauer: Und i werd's net lesen.
Bures: Und i bin gar net da.
Häupl: Also i hab ja a guates Gfühl für die Wahl.

Hallo, Mister President! 19. 6. 2006

profil traf US-Präsident George W. Bush vor seinem Österreich-Besuch natürlich nicht zum Exklusiv-Interview.

profil: Mister President, Sie kommen zum ersten Mal nach Österreich…
Bush: Ja? Sind Sie sicher?
profil: Ich denke schon.
Bush: Es ist neun Uhr früh und Sie denken schon? Wow. Der einzige, den ich kenne, der das kann, ist Donnie Rumsfeld. Aber der ist ja auch so ein alter Europäer.
profil: Das würde er wohl nicht gerne hören.
Bush: Wer?
profil: Rumsfeld.
Bush: Was?
profil: Dass er ein alter Europäer ist.
Bush: Wer behauptet denn sowas?
profil: Äh…, Mister President, im Moment steht das Gefangenenlager in Guantanamo wieder sehr stark in der Kritik. Es hat dort Selbstmorde von drei Gefangenen gegeben, von denen zwei noch dazu bald entlassen worden wären, weil sie überhaupt nichts verbrochen hatten.

Bush: Ja.
profil: Ja?
Bush: Nein?
profil: Ich weiß jetzt nicht ganz…
Bush: Ich auch nicht. Mein Ghostwriter hat gekündigt.
profil: Der, der die Achse des Bösen erfunden hat?
Bush: Ja. Und der behauptet hat, mit unserem Einmarsch im Irak sei die Welt sicherer geworden. Bloody hell! Haben Sie ihm diesen Mist jemals abgenommen? Also ich sicher nicht. Was? Einen Moment… Aha. Mein Pressesprecher sagt gerade, das habe ich nie gesagt. Und wenn Sie es schreiben, werden Sie als illegaler Kombattant betrachtet. Was immer das wieder ist.
profil: Warum haben die Gefangenen in Guantanamo überhaupt keine Rechte?
Bush: Das stört Sie also, wie? Fehlt nur noch, dass Sie jetzt auch gleich Selbstmord begehen, um einen billigen PR-Gag zu liefern. Na, jedenfalls können Sie schon einmal packen für Puerto Rico, wenn Sie das von vorhin nicht streichen. Und dann können Ihnen ja Ihre Freunde dort zeigen, wie man Leintücher richtig knüpft.
profil: Guantanamo ist auf Kuba.
Bush: Kommunist auch noch! Gibt es hier viele von euch?

profil: Nur in der Steiermark. Das ist die Provinz, aus der Schwarzenegger stammt.
Bush: Kein Wunder, dass er als „Conan, der Barbar“ so überzeugend war.
profil: Ah. Ist das Ihr Lieblingsfilm?
Bush: Nein. Das ist „High Noon“. Da kann ich mich so richtig hineinfühlen, diese Rolle hätte ich auch gern gespielt.
profil: Weil es Ihnen mit dem Irak-Krieg genauso ging wie Gary Cooper, dem auch keiner gegen die Bösen helfen will?
Bush: Wer redet von Gary Cooper? Ich meine Grace Kelly.
profil: Oh. Verstehe. Mister President, wie beurteilen Sie die aktuelle Lage im Irak nach dem Tod von Sarkawi?
Bush: Verdammt, der ist tot? Ich hab ihn doch erst letzte Woche noch in Bagdad getroffen! Ich bin mit dem Hubschrauber in diese grüne Zone geflogen und da war er! Wobei ich Ihnen verraten kann: Die Zone ist gar nicht grün. In diesem verdammten Land ist nichts grün. Sieht aus wie Nevada, nur ohne Las Vegas.
profil: Sie haben Nouri al-Maliki getroffen, den Ministerpräsidenten. Sarkawi war der Terrorist.

Bush: Waren Sie dort oder ich? Genau das hasse ich an euch Europäern: Ihr wisst immer alles besser. Aber wenn ihr schon so klug seid, warum muss man euch dann die Regeln beim Baseball hundert Mal erklären?
profil: Wie ist die Lage im Irak denn nun?
Bush: Unübersichtlich und nicht zufriedenstellend. Es gibt keine Straßenschilder, die man versteht und fettarme Milch ist praktisch nirgends zu bekommen.
profil: Und was tun Sie dagegen?
Bush: Die haben Öl, wir haben fettarme Milch. Und Dick Cheney hat wieder mehr Zeit, jetzt, wo er die Wachteljagd aufgegeben hat. Das wird schon.
profil: Der nächste Krisenherd in der Region ist der Iran.
Bush: Wissen Sie was? Wir haben da natürlich ein Problem, aber ich finde diesen Präsidenten von denen eigentlich gar nicht so übel. Ein religiöser Fanatiker kann kein von Grund auf schlechter Mensch sein. Schauen Sie mich an.
profil: Würden Sie wirklich auch einen Atomschlag im Iran in Erwägung ziehen, wie Sie einmal angedeutet haben?
Bush: Wieso nicht? Wenn der Kerl die Bombe unbedingt haben will, dann soll er sie haben.

profil: Die Zustimmung der Amerikaner zu ihrer Politik sinkt praktisch bei jeder neuen Erhebung auf ein neues Rekordtief. Wie erklären Sie sich das?
Bush: Nun, wie Sie sicherlich wissen ist der Durchschnittsamerikaner nicht gerade besonders clever.
profil: Das wird in Europa immer unterschwellig als Grund für ihre Wiederwahl angenommen. Umso mehr erstaunt es mich, das jetzt von ihnen zu hören.
Bush: Meinen Pressesprecher auch. Er hat gerade gesagt...
profil: ...dass Sie das nie gesagt haben.
Bush: Genau. Woher wussten Sie das?
profil: Ich bin ein alter Europäer. Wie Rumsfeld.
Bush: Das würde er jetzt sicher gar nicht gern hören. Woher kommen Sie nochmal?
profil: Österreich.
Bush: Ah ja. War ich da schon?

Starker Arm 26. 6. 2006

Alfred Gusenbauer hat sich durchgesetzt, Spitzengewerkschafter dürfen nicht mehr ins Parlament. Jetzt kann es mit der SPÖ ja nur noch aufwärts gehen.

Häupl: Zu wichtig? Du lasst mir ausrichten, i nimm mi zu wichtig?

Gusenbauer: Du hast angfangt. Du hast gsagt, i bin entbehrlich.

Häupl: Des hab i ma denkt. Gsagt hab i's net.

Gusenbauer: Oba du hast gsagt: „Kein Mensch wählt die SPÖ wegen ihrer Wirtschaftskompetenz."

Häupl: Und? Sei froh, dass i net mehr aufzählt hab.

Burgstaller: Kinder, jetzt hörts auf zum Streiten. Des is nicht sehr schlau.

Gusenbauer: Ah ja? So wie i net schlau bin, was?

Burgstaller: Wir müssen jetzt wirklich wieder alle an an Strang ziehen.

Häupl: Nur, wenn am andern End ana baumelt. Und i waaß a scho, wer.

Gusenbauer: Wennst so vü gscheit bist, dann kandidier halt du. Aber di wählt ja außerhalb von Wien grad no der Pröll.

Häupl: Und bei dir wählt sogar der den Schüssel.

Burgstaller: Gusi, war des echt notwendig, den starken Mann zu spielen, wannst eh scho gwusst hast, dass der Hundstorfer net kandidiert?
Gusenbauer: Wann bitte soll i eam sunst spielen?
Häupl: Und jetzt bleibt nach dem ganzen Theater no da Katzian draußen – und des hat si auszahlt?
Gusenbauer: Grad bei dem gilt: Einen Katzian ham oder net ham san scho zwa.
Burgstaller: Na ja. Wenn's di glücklich macht.
Gusenbauer: Auf ana Skala von ans bis zehn bin i im Moment bei elfe.
Häupl: Des is a nix Neues. Du hast immer schon elfe zählt.
Gusenbauer: So, nachdem des jetzt geklärt is – wer geht no mit auf a Achtel? ... Ich sagte: Wer geht no mit auf a Achtel?

Liebes Tagebuch! 26. 6. 2006

Die geheimen Aufzeichnungen des Fritz Verzetnitsch – wir haben sie!

17. Jänner 1998

Es schneit wie deppert. Elsner hat mich gefragt, ob ich nicht in die Karibik fahren möchte. Er wollte mir sogar seine Koffer dafür borgen, aber irgendwas hat's mit denen, die sind schon als ein leerer sauschwer. Aber ich bleib ja sowieso lieber da. Im Volksbildungshaus Oberlisse in Stammersdorf spielen heute die Spitzbuben. Der Weninger geht auch mit, das wird sicher eine Hetz. Vielleicht kommt auch die Trudl von den Handelsangestellten. Die, die nie einen BH anhat. Muss den Klima übrigens dringend fragen, was Zinsenswaps sind. Und zu welchem Friseur er geht.

26. Oktober 1998

Der Elsner sagt, die Bawag hat ein bissl ein Geld verloren. In Antigua, glaub ich. Oder war's Antigone? Er sagt, es ist aber nicht weiter tragisch, und ich soll's nicht weitererzählen, weil sonst reden die Schwarzen wieder blöd. Na ja, manchmal ist es halt so, dass, wenn man kein Glück hat, das Pech auch noch dazukommt. Weil dass ich gestern auf der Nacht beim Schnapsen mit dem Häupl-Michl einen Zudreher mit drei Atout mit 65 verloren hab, darf man ja in Wirklichkeit auch niemandem erzählen. Wenn die das wissen in den Gremien, brauch ich mich nimmer hintrauen. Hoffentlich sagt der Michl nichts.

15. Juni 1999

Der Elsner hat mich gefragt, ob ich mit ihm und dem Flöttl nicht einmal Golf spielen gehen möchte. Die Bawag hätt da wo günstige Konditionen. Golf! Ich als Gewerkschafter! Wie tät denn das ausschauen? Ich hab so lachen müssen, ich wär fast in meinem Pool dersoffen. Was der Elsner immer für Ideen hat! Übrigens hat er auch noch gesagt, dass der Flöttl mit dem Yen Großes vorhat. Das klingt gut. Ich war schon immer sehr für den Chinesen an sich.

4. Februar 2000

Der Nürnberger hat den Koalitionspakt mit den Schwarzen nicht unterschrieben, und jetzt wird die schwarz-blaue Regierung angelobt. Der Nürnberger war halt schon immer ein Vollkoffer. Der war auch immer dagegen, dass die Bawag mehr macht als die faden Betriebsratskredite. Jedenfalls ist es gut, dass unser Streikfonds so ordentlich gefüllt ist, weil gegen die Falotten werden wir ihn sicher noch brauchen. Am Abend geh ich ins Kino, ich muss mich ablenken. Ich schau mir mit dem Marizzi-Peter „Wall Street“ an. Muss übrigens den Gusenbauer noch dringend fragen, was Zinsenswaps sind.

7. Februar 2001

Das ist jetzt aber ganz blöd. Die Bawag hat schon wieder ein Geld verloren in Antigua oder wo. Ich kann mir das nur so erklären, dass, wenn man kein Glück hat, das Pech auch noch dazukommt. Weil es war bei irgendwelchen an sich total beeindruckenden Geschäften, so Hochfinanz und so. Diesmal müssen wir aber ein bissl helfen. Der Weninger sagt, es ist nicht so arg, am besten, wir haften halt mit allem, was wir haben, das schaut dann super aus, und brauchen werden sie es eh nie, weil noch einmal dürfen sie uns so was nicht machen, weil aber dann. Es ist übrigens sicher gscheiter, wenn wir niemandem was sagen. Also, dem Nürnberger und den anderen Hansln. Ich mein – was verstehen die schon von Hochfinanz?

2. Mai 2003

Der Leitl hat gesagt, ich bin eh wie immer irrsinnig verantwortungsvoll, dass ich keinen richtigen Streik machen lass, sondern nur einen, der einen Tag dauert. Der Fischer-Heinzi hat so einen blöden Schmäh gemacht und hat gesagt, wahrscheinlich können wir uns das nicht mehr leisten. Seitdem frag ich mich, woher er das weiß. Ich wollte den Weninger fragen, wann wir denn von der Bawag wieder eine Dividende kriegen, aber da ist er gleich stiften gegangen. Aber er hat mir die Telefonnummer von einem Herrn Refco dagelassen. Wahrscheinlich ein Italiener, bei dem Namen. Hoffentlich nicht von dieser Vatikan-Bank, weil das sollen ja ganz krumme Hunde sein dort. Mit so was sollten wir uns nicht einlassen. Schon wegen der Ideologie.

27. März 2006

Die Bank ist gerettet, der ÖGB steht super da, und jetzt kommen sie mit der alten Geschichte daher und zwingen mich zum Rücktritt. Na, ich bin vielleicht angefressen. Aber ich gehe mit erhobenem Haupt, als Held der Bewegung, über mich wird keiner sagen können, der Fritzl hat da oder auch nicht. Weil ich habe nur getan, was jeder Installateur in dieser Situation getan hätte.

30. April 2006

Die Bank ist offenbar nicht ganz gerettet. Und der ÖGB steht nicht ganz so super da. Aber wieso soll das alles meine Schuld sein? Weil ich zufällig 19 Jahre der Chef war? Und jetzt haut mich der Hundstorfer fristlos raus! Der Hundstorfer! Mich! Das ist ja wie der Kabas, der den Haider aus der FPÖ ausschließt! Das lass ich mir nicht gefallen, ich hab immer noch wichtige Freunde. Zum Beispiel den ... na ja, ich schreib später weiter.

21. Juni 2006

Es geht mir schon ein bissl besser. Das Wetter ist schön, und da heroben auf meiner Terrasse können mich alle einmal. Wenn wieder Ruhe eingekehrt ist, frag ich vielleicht einmal den Grasser, was Zinsenswaps sind. Außerdem sollte ich die Trudl wieder einmal anrufen. Und dann ... Moment, es läutet gerade an der Tür.

Neue Heimat 3. 7. 2006

Wenn das Zerwürfnis zwischen Alfred Gusenbauer und den roten Gewerkschaftern anhält, könnte dies im Wahlkampf ernste Folgen haben

Betriebsrat: Genossen, heit hamma hochn Besuch, der Genosse Wolferl und die Genossin Mitzi san do und schaun, wie's uns a so geht.

Schüssel: Freindschoft!

Rauch-Kallat: Also Burschen, wenn i euch so anschau, dann muaß i sagen – es stimmt, was viele Frauen sagen! Niemand is so sexy wie ein schwitzerter Hackler! Freundschaft!

Betriebsrat: Seit de Schwarzen unsere Gewerkschaftsfunktionäre olle mitanaund auf eana Listn gnumma ham, is ja wie ihr wissts a neiche Ära anbrochen, Genossen.

Schüssel: I hab ja immer scho gsagt, die Arbeiter sind das Rückgrat unserer Gesellschaft.

Rauch-Kallat: Genau genommen hast immer vom verlängerten Rückgrat gredet.

Schüssel: Die Genossin is nie um an Gspaß verlegen!

Betriebsrat: Der Gruselbauer is immer in Keller lachen gangen, erinnerts euch, Genossen?

Schüssel: Genossen, i versprich euch, i werd wie ein Löwe für eine 35 Stunden Wochen bei vollem Lohnausgleich kämpfen. Die Unternehmer, diese ausbeuterischen Blutsauger, de können si jetzt scho anschnallen – weil wann i was scho gfressen hab, dann isses dieser widerliche Neoliberalismus.

Betriebsrat: Da kömma nur hoffen, dass du die Absolute machst. Und wenn scho a Koalition sein muaß – dann net mit de Sozi. Waaßt, de san einfach net regierungsfähig.

Rauch-Kallat: Sag, Genosse, was is denn das da?

Hackler: A Stahlwalzen.

Rauch-Kallat: Nein! Und was tuat ma damit?

Hackler: Stahl walzen.

Rauch-Kallat: Wahnsinn, is das alles aufregend!

Fair Play 10. 7. 2006

ÖVP-Generalsekretär „Dirty Reini" Lopatka hat ein Wahlkampf-Fairnessübereinkommen aller Parteien angeregt. Gute Idee!

Lopatka: Und i stell ma des so vor, dass wir dann zum Beispiel über Sie net mehr sagen, dass Sie a stinkfader, weltfremder, linkslinker Haschtrafikant sind.
Van der Bellen: Net?
Lopatka: Nein. Wir sagerten dann nur mehr, dass Sie a fader, weltfremder, linkslinker Haschtrafikant sind.
Van der Bellen: Pfauh. Des muss Sie aber ordentlich Überwindung kosten.
Lopatka: Des können S' annehmen. Weil was glauben S', was mir da no alles einfallert.
Bures: Des glaub ma grad bei Ihna ungschaut. Und was würden S' über uns nimmer sagen?
Lopatka: Das is leicht – weil über euch brauchen wir sowieso nix sagen. Da isses gscheiter, wir lassen euch selber reden. Den Gusenbauer mit dem Häupl, den Gusenbauer mit dem Hundstorfer, den Häupl über den Gusenbauer und am Schluss dann wahrscheinlich nur no den Gusenbauer mit dem Gusenbauer...
Bures: Geht scho wieder los! Dreckschleuder, ungustige!

Westenthaler: Mi interessierert vor allem die Sieben-Millionen-Grenze fürs Budget.
Lopatka: Ja?
Westenthaler: Könnts uns zufällig sechse oder so borgen?
Strache: Des wär aber a teure Leich. Und schöner wird's deswegen a net.
Westenthaler: Kusch, du Gruftnazi!
Strache: Gruft? Zu mir sagst du Gruft?
Bures: Ha! Schauts euch de zwa an. Pack schlägt sich, Pack verträgt sich, sag i da nur.
Lopatka: Des sieht ma ja bei SPÖ und der Gewerkschaft.
Van der Bellen: Sie san wirklich eine Krätzn!
Lopatka: Und Sie a stinkfader, weltfremder, linkslinker...

Wahlzeit! 17. 7. 2006

Am 1. Oktober wird gewählt – und man muss sich, so Bundeskanzler Schüssel neuerdings, „auch nachher noch in die Augen schauen können".

(Ein kleiner Bergsee irgendwo in Österreich. Am Ufer sitzen zwei Mäner und lassen die nackten Beine ins Wasser baumeln)

Gusenbauer: Aber es is ja a so: Vizekanzler is a net schlecht.
Schüssel: Na. Wann i Zweiter werd, dann geh i in...
Gusenbauer: Net scho wieder.
Schüssel: ...Pension.
Gusenbauer: I hab ja a mehr mi gmeint. Vizekanzler und Außenminister. Ma hat net wirklich was z'tuan, kommt aber herum, des Essen und die Weine passen... Mei. Was will ma mehr als Bawag-Kunde.
Schüssel: Bawag-Kunde bin i a.
Gusenbauer: Erinner mi dran.
Schüssel: Du bist wirklich a armer Hund.
Gusenbauer: Drum vergiss einfach de hinichen Orangen und de spinnerten Grünen – machen mir zwa a Koalition und aus.

Schüssel: I versprich dir, du bist der Erste, mit dem i verhandel...

Gusenbauer: An Zeugen! A Tonbandl! Lass irgendwas vom Himmel fallen, Gott!

Schüssel: ...wenn die Orangen net einekommen...

Gusenbauer: Wart a bissl, Gott.

Schüssel: ...und die Grünen bei die Verhandlungen wirklich was wollen.

Gusenbauer: Vergelt's Gott.

Schüssel: Aber natürlich, es war ja net alles schlecht, früher.

Gusenbauer: Des will i meinen. Der Vranitzky und a der Klima...

Schüssel: I hab gsagt, es war net alles schlecht. Des zum Beispiel scho.

Gusenbauer: I kann jedenfalls unmöglich einfach so mit zwei verlorene Wahlen abtreten, ohne dass i net wenigstens Vize gwesen bin.

Schüssel: Ja. Wie der Haupt.

Gusenbauer: Vielleicht geht si ja do Rot-Grün aus.

Sonnige Höhen 24. 7. 2006

Alfred Gusenbauer wandert ab jetzt zwölf Tage lang durch Österreich und schreibt ein Weblog darüber.

24. Juli – Hainfeld

Ich bewege mich sicheren Schrittes auf dem historischen Boden der Parteigründung. Ich habe den historischen Auftrag, diese Partei zu alter Stärke zu führen. Und mit ihrer Hilfe, werte Wählerinnen und Wähler, werde auch ich bald Historie sein.

26. Juli – Liezen

Heute tun wir im schönen Liezen – voll entspannt in der Sonne sitzen. Die Menschen sind sehr freundlich und wollen wissen, ob ich für nach der Wahl schon einen Job hab. Sag ich immer: Na, Bundeskanzler! Sie sehen, wir haben es auch sehr lustig unterwegs.

28. Juli – Nockberge

Es wird keine Müdigkeit vorgeschützt, vorwärts Freunde, der Gipfel wartet! Ein Wanderer hat heute zu mir gesagt: „Sie könnten ja auch Bergführer werden, nach der Wahl!" Wir haben herzlich gelacht.

30. Juli – Schmittenhöhe
Es ist schon recht heiß auch und langsam krieg ich so ein Ziehen da links… Die meisten, die wir so treffen, sind Deutsche. Die fragen mich auch, ob ich schon was hab für nach der Wahl.

1. August – Kaisertal
Heute war ein Gewitter. Ein reinigendes. Mir tut alles weh. Da hab ich den Kalina gefragt, ob er verrückt ist, mich da über Stock und Stein zu hetzen und was er eigentlich so nach der Wahl vorhat.

3. August – Schesaplana
Ich hab Blasen wie ein Schaumbad von der blöden Hatscherei und auf jeder Gifthütte, auf der ich mich über einen Schnaps freuen muss, der nach Meister Proper schmeckt, fragen mich alle, ob ich schon einen Job... Mir ist das jetzt wurscht – nehmts halt die Burgstaller.

Das Traumschiff 24. 7. 2006

Episode 4778. Fiona und Karl-Heinz sind so schwer verliebt, dass sie kaum bemerken, wer noch an Bord ist.

Ihr Herz klopfte wie die Basstrommel im zweiten Satz von Beethovens Zehnter, als sie sich lasziv an den mächtigen Schornstein der „MS Krk" schmiegte. In ihrem ganzen Leben, dieser einzigen wilden und ungezügelten Party zwischen St. Tropez und St. Kanzian, war sie sich ihrer Gefühle noch nie so unsicher gewesen.

Klopfte ihr Herz deshalb zum Zerspringen, weil der mächtige Schornstein der „MS Krk" so heiß war, dass sich schon kleine Bläschen auf der straffen Perlmutthaut ihres Pos bildeten? Oder tat es dieses kleine, dieses kleine verrückte Herz gar wegen ihm?

Selbst in ihren schwülsten Träumen – und sie hatte weiß Gott einige – hatte er früher nie eine Rolle gespielt… Doch, einmal! Als Poolboy. Er hatte nur diese knappen, weißen Shorts und eine Patek Philippe getragen, beides schmeichelte seinem aufreizenden Nabel ungemein, und er... Fiona lächelte betörend in sich hinein.

Sie wusste nicht mehr, wie lange es schon her war, dass Karl-Heinz und sie im Bug der „MS Krk“ die Doppelkabine mit den vielen nützlichen Seilen bezogen hatten. In ihrem Kopf schwirrte es wie nach dem einen berühmten Daiquiri zu viel, was vielleicht auch damit zusammenhing, dass sie nach diesem noch zwei gehabt hatte.

Nichts um sie herum nahm sie wahr, sie sah nur ihn. Das war zwar sehr unhöflich, aber so war es nun mal. Julius der Fünfte, den sie am dritten Vierten im Zweiten getroffen hatte, woraufhin er sie als Erste für den siebenten Achten auf die Yacht einlud, hätte in der Zwischenzeit schon der Sechste sein können – es wäre ihr nicht weiter aufgefallen.

Sie sprach auch kaum mit diesem anderen Mann, der sich als Investmentbanker aus New York vorgestellt hatte und der immer wieder versuchte, sich mit Sätzen wie: „In der Karibik habe ich schon so manchen Hurricane erlebt“ interessant zu machen. Der Kerl hatte das Gesicht eines Verlierers. Und sie, sie hatte im Moment nur Augen für einen Gewinner.

Sie konnte ihren Blick kaum von ihm wenden, wie hypnotisiert starrte sie Karl-Heinz an, wie er mit der ihm eigenen unaufdringlichen Eleganz über der Reling hing.

Er war seekrank, war das nicht süß?

Auch Karl-Heinz konnte sich all das nicht erklären. An den zwei Abend- und drei Mittagessen konnte es ja wohl nicht liegen, wenngleich ihn heute der japanische Kugelfisch doch ein wenig unrund gemacht hatte. Doch dann hatte er gedacht: „When in Rome, do as the Romanians do“ und souverän zugebissen. Der Fisch und Fiona waren seine Eintrittskarte in den Jet-Set. Und auf Fiona reagierte er ja zum Glück anders.

Seit er in ihren Armen zum Mann geworden war, war ihm nämlich bewusst geworden, wie unwichtig doch alles andere war. Budgetdefizit, Steuerquote… oder diese lächerlichen Prüfberichte der Nationalbank, die er früher tatsächlich einmal gelesen… Nein, in Wirklichkeit nicht einmal früher. Aber jetzt, jetzt hätte er nicht einmal gekonnt, wenn er gewollt hätte, so sehr pochte es in seinem Kopf und tobte es in seinen Lenden, diesen schmalen Jungenlenden, die früher, als er sich in den Ferien als Poolboy ein kleines Taschengeld… Aber diese Zeiten waren lange vorbei. Geld war jetzt völlig unwichtig. Jetzt gab es nur mehr Fiona.

Julius der Fünfte hatte mit ihm über die Auswirkungen der Steuerreform auf das Einkommen der Mittelschicht plaudern wollen, doch Karl-Heinz hatte dieses

Ansinnen mit einem knappen „Keine!" beendet, weil er wusste, vorne, im Bug, probierte Fiona gerade einen von ihr selbst entworfenen Bikini aus Maulwurfsleder an. Das scharfe Ding war nur deshalb nie in Serie gegangen, weil einfach kein zweiter Maulwurf aufzutreiben gewesen war.

Der andere Mann, dieser Investmentbanker, der angeblich in New York lebte, hatte ihn in einem Moment, in dem er sich von den anderen unbeobachtet wähnte, zur Seite gezogen und geraunt: „Haben Sie nicht verstanden? Flöttl. Fremdwährung – Libor – Ölpreis – Termingeschäft – Termingeschäft – Libor. Flöt-tl! Wir müssen dringend reden!"

Karl-Heinz hätte jedoch erstens nicht gewusst, worüber, und zweitens waren seine Gedanken wieder einmal bei ihr. Er wusste, um diese Zeit tauchte sie auf der „MS Krk" immer nackt nach Perlen. Sie lagen in ihrer schlanken Schmuckschatulle nämlich ganz unten.

Fiona und er wollten eben einfach die meiste Zeit allein sein. Das war zwar sehr unhöflich, aber so war es nun mal.

Plötzlich tauchte ein Schatten neben ihm auf. Fiona wand ihren geschmeidigen Körper schlangengleich um seinen linken Oberschenkel, und er vergaß in der Sekunde Raum und Zeit. Von irgendwoher schrie jemand „Himmelherrgott noch einmal! Bawag!“ Wahrscheinlich hatte der Matrose im Ausguck eine bisher unbekannte Insel entdeckt.

Und sie beide, sie würden jetzt auch gleich zu neuen Ufern aufbrechen, das wusste Karl-Heinz, das fühlte er in jeder seiner Poren. Wie durch einen Nebelvorhang hörte er Fiona sagen: „Meine Herren, Karl-Heinz fühlt sich nicht ganz wohl. Wenn Sie erlauben, werden wir uns jetzt zurückziehen.“ Dann wurde ihm noch schlechter.

weiters erhältlich:

Rainer Nikowitz
Wer, wenn nicht er?
101 Neue Satiren

Verspürt Wolfgang Schüssel im Gespräch mit Karl-Heinz Grasser manchmal ein Defizit? Wie erklärt Jörg Haider der CIA, dass Saddam gar nicht Saddam ist? Und ist Alfred Gusenbauer privat auch so lustig?

In der wöchentlichen Kolumne des Satirikers Rainer Nikowitz im Nachrichtenmagazin profil werden alle diese Fragen geklärt.

»Wer, wenn nicht er?« ist Nikowitz' zweite Sammlung fingierter Polit-Dialoge nach dem Bestseller »Hallo, Westi?« (Deuticke).

Verlag Georg Hoanzl, 2004
270 Seiten
ISBN: 3-900625-00-X